DREAMBOOKS

DREAMBOOKS

독공의 대가

권이백 신무협 장편소설

ORIENTAL FANTASY STORY & ADVENTURE

dream books
드림북스

독공의 대가 6

초판 1쇄 인쇄 / 2015년 2월 16일
초판 1쇄 발행 / 2015년 2월 26일

지은이 / 권이백

발행인 / 오영배
책임편집 / 편집부
펴낸 곳 / (주)삼양출판사 · 드림북스

주소 / 서울시 강북구 도봉로 173, 캠프 6층
대표 전화 / 02-980-2112 팩스 / 02-983-0660
편집부 전화 / 02-980-2116 팩스 / 02-983-8201
블로그 / blog.naver.com/dreambookss

등록번호 / 제9-00046호
등록일자 / 1999년 3월 11일

값 8,000원

ISBN 979-11-313-0252-1 (04810) / 979-11-313-0126-5 (세트)

* 지은이와 협의하에 인지는 생략합니다.
* 잘못된 책은 구입한 곳에서 바꾸어 드립니다.

이 도서의 국립중앙도서관 출판시도서목록(CIP)은 서지정보유통지원시스템홈페이지
(http://seoji.nl.go.kr)와 국가자료공동목록시스템(http://www.nl.go.kr/kolisnet)에서
이용하실 수 있습니다.

毒功大家
독공의 대가
6
권이백 신무협 장편소설
ORIENTAL FANTASY STORY & ADVENTURE
dream books
드림북스

毒功大家

독공의 대가

목차

第一章

운남에서……

사혈련의 무사들은 자신만만했다.

무림맹보다 세력이 떨어진다고 해도 사혈련은 사혈련이 아닌가. 단일 문파 중에는 마교를 제외하고는 최강이라 할 수 있을 정도다.

아니, 마교조차도 전에 겪은 패퇴로 인해서 두문불출한 지가 오랜 시간이 지났다.

그 대단하던 마교만큼이나 위세가 있는 곳이 사혈련이라고도 할 수 있는 것이다.

그곳에서도 정예라 할 수 있는 자들을 추려서 운남으로 보냈으니, 그들의 기세가 작으면 그게 더 이상할 일이다.

"죽어!"

사혈련의 정예라도 상투적인 말투는 어쩔 수가 없는가. 상대에게 가득 살의를 담아 외치는 사혈련의 무사의 두 눈에는 살기가 그득했다.

크게 휘둘러지는 무기. 그에 맞서는 점창의 어린 무사 하나.

완숙의 무사를 상대로 어린 무사가 버텨 내는 것은 힘들게만 보이는 상황이었다. 아니, 천운이 있지 않고서야 어린 무사는 죽임을 당할 게다.

그런데,

"크흐읍……도, 독!"

기세 좋던 사혈련 무사가 갑작스럽게 멈칫하다, 동작 자체가 그대로 멈추었다. 말 그대로 몸이 굳어버린 것이다.

무슨 상황일까? 아니 무슨 상황인지를 알 필요가 있을까.

어린 무사로서는 천운이든 뭐든, 살의를 가졌던 상대를 죽인다는 생각밖에 없었다.

어린 나이이나, 점창에 대한 충성, 애정, 적에 대한 적의들이 한데 어우러진 무사의 검이 사혈련 무사의 심장을 정확히 꿰뚫었다.

어린 나이지만 어지간한 삼류 무사들보다는 나은 깨끗한 한 수였다.

"시, 시벌……."

유언답지도 않은 마지막 한 마디를 끝으로 그대로 숨을 멈추는 사혈련 무사였다.

사후 경직이라도 된 듯 그는 심장에 꿰뚫리고도 여전히 굳은 채였다. 비정상적이기만 한 상황.

하지만 어린 무사를 제외하고는 굳은 자세로 죽어버린 사혈련 무사를 신경 쓸 자는 그 어디에도 없었다.

아니, 있다면 단 한 명 정도,

"이제 거둬야겠군요."

—그래. 증거가 많이 남아서야 좋을 기가 없잖으냐.

"예."

독을 자유자재로 다루면서 점창에 도움을 주고 있는 자. 바로 왕정이었다.

그는 완전히 모습을 드러내지는 않았지만, 충분한 거리를 유지하면서 사혈련 무사들의 행사를 방해하고 있었다.

'할 만하군…….'

사혈련에 대한 살의까지는 아니더라도 적의는 충분히 있는 왕정이다. 하운성 덕분에 점창에 대한 호감이 약간이나마 생긴 것도 그 이유이리라.

아니, 무엇보다도 자신이 무림 공적이 된 상황을 이용한 것에 화가 난 것이 그 이유일 것이다.

어쨌든 왕정은 여러 이유를 가슴에 안은 채로 점창을 몰래 도와가며 사혈련 무사들을 상대하고 있었다.

그의 손이 한번 휘저어질 때마다, 점창을 상대로 활약을 하던 사혈련 무사가 하나둘씩 쓰러져 나갔을 정도다.

"천운이다."

"하늘이 도왔어."

"뭔가 이상한데……."

점창의 무사들로서는 자신들에게 패색이 역력할 것이라 생각했던 전장이 생각보다 쉬이 풀려 나가는 상황.

누군가는 운이라 생각했다.

또 누군가는 점창, 나아가서는 운남을 수호하기 위해 나섰기에 조상들이 돕는다 생각하는 자도 있었다.

허나 머리가 조금 돌아가는 자들은 천운이라고만 생각을 하기보다는 작은 의문들을 품기 시작하였다.

허나 악의는 있지 않았다.

점창에 있는 자신들을 도와준 누군가에 대한 고마움만큼은 충분히 인지를 하고 있었다.

그런 상태로 점창과 사혈련 무사들의 첫 충돌이 끝이 나게 되었다.

*　　*　　*

사혈련의 분위기는 그리 좋지 않았다.

다 이길 거라 여겼던 첫 대전에서 확실한 승리를 거두지 못했으니 분위기가 좋을 리가 없지 않은가.

이번 일의 책임자로 온 패악권(霸岳拳) 허웅은 씹어 내뱉듯 말하며 물었다.

"실패라고?"

"예. 완승을 거둘 줄 알았으나…… 잘해야 비겼다고 볼 수 밖에는 없습니다."

"그래? 실패라……."

이미 결과를 알고 있음에도 묻는 그의 속은 타들어 가고 있음이 분명할 것이다.

당장만 하더라도 사혈련주에게 보고를 올려야 할 시간이지 않은가. 이대로 보고를 올렸다가는 큰일을 당할지도 모른다.

지금이야 전장이라 괜찮다지만 돌아가고부터가 걱정인 허웅이다.

'어쩐다.'

방법은 둘. 하나는 보고를 바로 하는 것, 다른 하나는 보고를 바로 올리지 않고 미루는 것이다.

바로 보고를 올리면 오늘 한 패착만큼만 벌을 받을 터다.

만약 보고를 늦추면?

공을 세우면 오늘 저지른 과가 사라질 것이고, 또 한 번 패착을 하게 되면 빼도 박도 못 하는 교착 상태에 빠지게 되리라.

결국 후자의 방식은 모 아니면 도인 셈이다.

"원인 파악은?"

"그것이 아직……."

"아니 대체 비운대에서는 뭘 한 건가? 전장 상황 파악을 하나도 못 해서야! 에잉……."

비운대(飛雲隊). 전장에서 한 걸음 물러나 전장 상황을 파악키 위한 임무를 맡은 곳의 이름이다.

"워낙에 신출귀몰한 상황이 연출되었습니다. 분명 유리하게 이기다가도 급작스레 당하곤 하니…… 도무지 파악이 안 될 수밖에요."

"흐음…… 신출귀몰하다라? 하기야 천운이라고 보기에는 너무 많은 천운이 발생했지?"

"예. 확실히 그렇습니다."

상황이 뭔가 이상하기는 했다. 죽어야 할 점창의 놈들이 죽지를 않았다. 되려 천운이 닿은 듯 살아남았다.

적은 수도 아니었다. 전장이야 온갖 일이 발생하는 곳이니 넘어가자고 하기에는 너무도 많은 이가 살았달까.

말도 안 되는 상황인 셈이다.

"외부에서의 조력은?"

"현재로서는 무림맹에서도 지원군을 보내지 못한 상황으로 파악하고 있습니다."

"비운대와 같은 비선(非線)이 그쪽도 있잖은가?"

"그들도 흑무가 사라진 뒤로는 활약이 예전 같지 않습니다."

무림맹은 아니다. 그리고 비선도 아니다. 그렇다면 그 외에 다른 세력이라고밖에 생각할 수 없지 않은가.

왕정 홀로 전장의 상황을 바꿀 수 있을 것이라고는 꿈에도 생각하지 못하는 허웅이었다.

생각이 그렇다 보니 예측이 다른 방향으로 튈 수밖에 없었다.

"흐음…… 그럼 대체 어디서…… 설마 독곡이?"

"그럴 리가요? 그들이 정파를 도울 일이……."

"그래도 혹 모르잖은가? 어쨌든 이곳 운남은 점창의 영역이면서도 독곡의 영역이니 가능성은 있겠지."

비영대의 대주가 의문스럽다는 표정을 짓는다. 하지만 이내 허웅의 말이 어느 정도는 근거가 있다 여겼는지 고개를 끄덕인다.

"흐음…… 그래도 조사는 한번 해보도록 하겠습니다. 그렇다면 보고는 미루시는 겁니까?"

"그래. 일단은 결과가 나올 때까지는 보고를 좀 미루도록 하자고. 여기에 답이 있을 것이야."

비영대주가 걱정스러운 듯 되묻는다.

"괜찮으시겠습니까?"

사혈련 내에서는 나름 인망이 있다고 할 수 있을 허웅이잖은가. 나름 걱정을 하는 것이리라.

하지만 이내 허웅의 단호한 표정을 보고는 조심스레 물러나는 비운대주였다. 바꿀 수 없는 것이라는 것을 깨달은 것이리라.

그렇게 사혈련 측은 오직 반만을 눈치챈 채로 오판(誤判)을 하고 있었다.

*　　*　　*

"천운이 닿은 자가 백이 넘는다라……."

패할 줄 알았던 전투에 비겼다.

패색이 짙은 상황에서 비겼으니 해석하기에 따라서는 승리라고도 할 수 있는 상황이다. 천운이라면 천운인 셈.

허나 인과관계가 없는 일은 없으니, 하운성의 내심은 복잡하기 그지없었다. 달밤은 고즈넉하기 그지없건만 시름만 깊어지는 그였다.

"허허. 운성아. 무슨 고민이 있더냐?"

그의 스승이 밤새 고민하고 있는 하운성을 바라보며 묻는다.

"상황이 이상하지 않습니까? 천운이 닿았다고 보기에는 너무 많습니다."

"크흠…… 조력이 있는 것 아니겠느냐?"

역시 자신들이 도움을 받아서인지 그의 스승은 금세 진실에 닿아 있었다. 자신들이 혜택을 받았으니 누군가가 도움을 주었다는 것을 아는 것이다.

허나 문제는,

"누가 조력을 하였는지 모르겠다는 게 문제겠지요."

바로 이거다. 누가 조력을 했는지를 모른다는 것.

"독일 것이다."

"독이요?"

"그래. 하나같이 말하더구나. 자신이 죽을 상황이었음에도 불구하고 갑자기 상대가 멈추었다 한다."

"그래요?"

"그래. 누군가는 사혈련 무사가 독이라고 말하곤 그대로 굳었다고도 하더구나."

"독이라……."

독이라고 하면 당장에 하운성으로서 떠오르는 것은 독곡이었다. 독으로 유명한 그곳이니 독을 그리 자유자재로 사용할 수 있기는 하리라.

'허나 그럴 리가 없잖은가…….'

독곡과 거리가 가까운 만큼 독곡의 상황을 잘 아는 곳이 점창이다.

아니, 대를 이어가며 독곡을 상대해 온 점창이니 모르려야 모를 수가 없다. 적은 적이 가장 잘 아는 법이니까.

그들만큼 독곡을 파악한 곳은 어디에도 없었다.

"그들이 내분을 해결했을까요?"

"그럴지도 모르지. 벌써 수십 년째이지 않느냐."

"비록 표면적인 내분은 없다지만…… 그 일 때문에 나서지를 못 하는 것 아니었습니까?"

"모를 일이다. 그들을 파악하기 위해서 항시 노력을 한다지만 언제나 예상을 뛰어넘지 않았더냐."

스승의 말이 맞기는 했다. 독곡은 항시 예상을 뛰어넘는 곳이다.

이 정도만 대비하면 되겠지, 하고 마음을 먹고 기다리고 있으면 항상 그 이상의 독인들이 왔다.

그들을 대비하기 위해 열과 성의를 다하는 점창의 노력이 때때로 무색해질 정도였다.

그들은 독곡의 강한 독만큼이나 강한 독기를 가진 괴물들이었다. 그게 독곡이 가진 힘이며, 또한 독곡의 독인들이다.

자신들끼리의 알지 못할 일이 있어 독인이 나오지 못한 지 한참이지만 그래도 결코 약하기만 한 곳은 아닌 터.

"그들이 돕자면 분명 도울 수도 있을 겁니다. 하지만 그들은 자신들의 숙원 외에는 관심도 없는 자들 아닙니까."

"독황의 귀환을 바라는 자들이지. 그게 어떤 방식이든……."

"그렇습니다. 그러니 그들이 점창에 무슨 일이 발생을 하든 도울 리가 없지요."

"하지만 그 독은 어떻게 설명을 할 것이냐? 보통의 독공이 아니고서야 그런 일은 불가능하다."

역시 원점인가. 돕지도 않을 독곡이 돕는 상황까지 가정을 했지만 끝끝내 결론이 내려지지는 않는 상황이다.

한참을 고민하던 하운성의 입새에서 단어 하나가 내뱉어진다.

"설마……."

말도 안 되는 생각이었다. 그 사람이 뭐가 좋다고 점창을 돕겠는가? 되려 독을 흩뿌리지 않으면 다행이다.

'왕정…… 아니. 그럴 리가? 하지만…… 그만큼 독을 다룰 자가…….'

무인의 감이 독곡은 아니라고 말한다. 되려 말도 안 되는 소리지만 왕정이라고 외치고 있는 자신의 감이었다.

이성적으로는 절대 말도 안 되지만 계속해서 그런 마음이 드는 것은 왜일까?

그런 하운성의 태도가 이상했는지, 그의 스승이 걱정스러운 표정을 하고는 묻는다.

"왜 그러느냐? 설마 어딘지 감이 잡힌 것이냐?"

"아닙니다. 잠시 헛생각을 한 듯합니다. 설마 그일 리는 없겠지요."

"허허. 듣기로 그 공적과 한바탕했다더니…… 아직도 신경을 쓰는 것이냐?"

천라지망의 안에서 왕정과 하운성이 한바탕한 것을 모를 리 없는 스승이다. 그 또한 점창의 장로이니 모르는 것이 되려 이상했다.

때문에 하운성을 걱정스레 바라보는 것이기도 했다.

'녀석, 충격이 컸겠지. 자신보다 어린 아이에게서 한 수를 보았다 했으니…….'

그때의 대결이 치열했다 들었다. 아니, 제자는 신의 한수를 보았다고 했을 정도다. 그 이후부터였다.

그 이후로 하운성은 매일 밤 미친 듯이 검을 휘두르고는 했다.

속가제자로서 점창 장로의 제자가 됨과 동시에 분광검(分光劍)이라는 명예로운 별호까지 부여받은 제자가 다시금 초보 무사라도 된 듯 검을 휘두르기 시작한 것이다.

분광검이 된 이후로 조금은 안주하던 제자가 수련에 미친 것은 스승으로서 기꺼워 할 일이 분명하다.

허나 그 이유가 공적으로부터 본 '한 수' 때문이라고 하니 동시에 신경이 쓰이기도 한 그의 스승이었다.

"신경이 쓰입니다. 언제고 넘어야 할 '한 수'를 보았으니까요. 허나 이번만큼은 아니겠지요. 이번만큼은……."

분명 이성은 왕정이 아니라 한다. 그런 하운성의 가슴 한 켠에서는 계속해서 왕정이라 외치는 이유는 무얼까?

하운성의 가슴에서 묘한 감정이 스쳐 지나가고 있었다.

*　*　*

사혈련과 점창의 전쟁은 계속해서 벌어졌다.

애시당초 작심을 하고 찾아 온 사혈련이니 그들이 한 번 졌다고 물러나는 것도 웃긴 이야기였다.

어느 정도 성과를 얻을 때까지는 결코 물러나지 않으리라.

아니, 예정보다 더 있어야 할지도 몰랐다. 그들이 예상한 것 이상으로 성과가 없었다.

일정 영역을 차지할 때까지는 물러날 생각이 없는 패악권이기 때문.

그로서는 이대로 돌아가면 남은 것이라고는 상이 아닌 벌밖에 없었다. 상황상 어쩔 수가 없었다 할지라도 용서를 할 리가 없는 사혈련주이기 때문.

"어서 서둘러라!"

무림맹의 지원은 시일이 지나면 언젠가 당도하게 될 터. 정해진 시간 내에 성과를 내야 하니 마음만 급한 패악권 허웅이었다.

그런 상황에서.

"우와아악!"

왕정이 내내 숨어서만 손을 쓰는 것은 아니었다.

사혈련과 점창의 대결이라고만 하더라도 한 군데에서만 일어나는 것은 아닌 터. 사혈련의 무사들이 민가를 습격하는 곳에는 왕정이 꼭 나서고는 했다.

그 홀로 모든 곳을 나설 수는 없었으나, 사혈련의 악행을 위축시키는 데는 그 정도만으로도 충분했다.

"뭐, 뭐냐."

갑작스러운 왕정의 등장에 사혈련 무사가 혼비백산한다. 민가를 약탈하면서 광기 어린 표정을 짓던 그는 어느샌가 사라진 지 오래다.

'젠장…… 그 비적이란 놈이 왜 하필 여기에!'

비적(祕賊).

사혈련 무사들로부터 구함을 받은 민가의 사람들이 붙인 이름이다. 근방에는 금세 별호가 퍼져서 사혈련 무사들도 알 정도다.

민가의 사람들에게는 구원의 존재이나, 사혈련 무사에게는 사신일 수밖에 없는 비적의 손이 휘둘러진다.

"크으윽…… 모, 목……."

"그만 가."

쿠웅.

단 한 번의 손짓. 그 한 번에 사혈련 무사가 타는 듯한 갈증을 느끼면서 그대로 바닥에 쓰러진다.

사혈련에서 나름 정예 무사였을 자가 너무도 손쉽게 숨을 거둔 상황.

"비, 비적님. 가, 감사합니다."

잠시 멍한 표정을 짓던 양민도 고개를 숙이며 왕정에게 고마움을 표한다.

"할 일을 했을 뿐이죠."

두건으로 얼굴을 감싸 표정 하나 드러나지 않는 왕정이다. 입고 있는 옷에는 피를 잔뜩 묻히고 있는 왕정이니 두려움이 생길 수도 있을 터.

그럼에도 양민은 두려움보다는 호감 어린 눈빛으로 왕정을 바라보고 있었다. 구함을 받은 덕분이리라.

"그럼 이만……."

왕정이 물러나려니 그가 무언가가 생각이 난 듯 움찔한다.

"자, 잠시만요! 비적님!"

"예?"

양민들이 고마움을 표하는 것은 매일같이 있는 일일 터. 하지만 이렇게 대놓고 잡는 경우는 또 처음인 왕정이었다.

"또 무슨 일이?"

"잠시만 기다려 주시지요. 그, 그 점창에서 주고 간 것이 있습니다요."

점창이라니. 갑자기 점창이라는 이야기가 여기서 왜 나오는가?

'점창 무사들이 나를 잡아두라고 했나? 에이, 말도 안 되지…….'

사혈련 무사들이 눈을 시뻘겋게 뜨고 왕정을 추적하고 있었다. 그럼에도 잡히지 않는 그이지 않은가.

그런데 고작해야 양민들이 왕정을 잡아둘 수 있을 리가 없었다. 말 그대로 어불성설이다.

무슨 일이 생기면 언제고 도망을 가야겠다고 생각하며 왕정이 양민을 기다리고 있는 동안 구함을 받은 양민은 뭐가 그리 급한지 집에 들어가 뭔가를 한참을 뒤적이고 있었다.

"차, 찾았다."

그리고는 이내 기쁜 표정을 짓고는 무언가를 들고 왕정에게 찾아왔다.

"이, 이것 받으시지요?"

그가 조심스럽게 짐 꾸러미를 왕정에게 넘겼다.

"이게 뭔가요?"

"점창의 무사들이 비적님이 오시면 주라고 말한 것입니다. 속에 뭐가 들었는지는 저도 모르겠습니다요."

"흐음……."

독인가? 아니 독일 리는 없다. 자신의 특기가 독이라는 것은 사혈련이나 점창이나 파악을 하고 있을 터다.

'애시당초 내가 독에 당할 리도 없지…….'

그럼 뭘까? 받고 보니 꽤나 묵직했다. 거기다 꾸러미 틈새로 보아하니 서찰도 눈에 띄었다.

"일단 받지요. 그럼 가보겠습니다."

"예, 옙! 감사합니다요! 정말 감사합니다."

왕정이 뒤를 돌아 경공을 펼치는 와중에도 인사를 잊지 않는 양민이었다. 그로서는 살았다는 그 사실에 감사한 순수한 인사이리라.

'대체 뭘까.'

짐 꾸러미와 함께 조심스러운 호기심을 안은 채로 멀리 있는 자신의 은신처로 돌아가는 왕정이었다.

第二章

이게 정파인 건가?

이미 시간이 늦었다.

무리를 하고 있는 사혈련 무사들이라지만 그들도 사람이다. 이 늦은 시간까지 전쟁을 벌이기에는 그들에게 누적된 피로가 보통이 아니다. 운남의 전장에서 활약하고 있는 왕정이기에 그러한 사실을 모를 리가 없었다.

그렇기에 그도 안심하고 진으로 꾸며낸 은신처에서 여유롭게 있는 것이다. 그는 진을 점검하고는 그대로 쪼그려 앉았다. 두건을 벗고서 보이는 그의 맨 얼굴에는 여전히 그다운 분위기가 남아 있었다.

나이답지 않게 어른스러우면서도, 때로는 장난기 있고 돈을 밝히는 그다운 표정이 살아 있다는 소리다.

쪼그려 앉은 채로 왕정이 말했다.

"대체 뭘까요?"

—모르겠구나. 점창이 네게 넘길 것이 무에 있을까?

그로서는 사람들을 구하고 얻은 꾸러미에 잔뜩 호기심이 생겨 있었다. 다만 아직까지 열지 않은 것은 그 출처가 점창이기 때문이리라.

"음…… 뭐 일단 천리향 이런 것은 없는 거 같고. 에라 모르겠네요."

사혈련을 막아내고 있는 자신이지 않은가.

겉으로 말하는 이유야 살아생전 독존황의 고향이나 다름없는 운남이 시끄러워지는 것을 막기 위해서이다.

하지만, 그게 아님은 왕정도 독존황도 모두 안다.

그저 왕정은 사혈련 무사들이 하는 행동이 마음에 안 들어서 되도 않는 이유로 사혈련을 막고 있을 뿐이다. 덤으로 점창 하운성과의 대결로부터 그에 대한 호감이 생긴 것도 이유이기는 하리라.

어쨌거나 결론은 왕정이 하는 행동은 모두 점창에게 득이다. 그런 상황에서 설마 점창에서 자신에게 해코지를 하랴. 그렇기에 왕정은 짐 꾸러미를 풀어 헤쳐 서찰부터 꺼내 읽었다.

얼마나 읽었을까? 빼곡하게 쓰여 진 서찰에는 왕정으로서도 쉬이 느낄 만한 정성이 담겨 있었다. 왕정으로서는 그 정성만큼이나 조심스럽게 서찰을 읽어 나갔다.

"헤에…… 이 아저씨 의외네요?"

글을 쓴 자는 하운성이었다. 그와 대결을 벌였을 때도 느꼈지만 그는 확실히 정파인다운 이이기는 했다.

비록 문파의 정치적 문제로 공적인 자신을 처리하러 오기는 했으나, 그는 무사로서 대결을 벌였었다.

대결의 끝에 청성의 무인들이 덤벼들지만 않았더라면 좋은 한 수를 벌였을지도 모를 일이다.

그 결과가 하운성의 패배이든 혹은 자신의 패배이든 간에 깔끔은 했을 것이다.

"도와줘서 고맙다라…… 언제고 자신에게 부탁을 하면 들어준다니? 이거 꽤나 거창하기도 한데요?"

—어려운 점창을 도왔으니 보답을 하겠다는 것이겠지. 허허.

"이런 게 할아버지가 말한 정파의 무사란 거죠?"

—그래. 전에는 분명 그런 자들이 있었다. 보답을 받으면 갚을 줄 알았으며…… 정사를 떠나 사람 됨됨이를 보는 자들도 꽤 되었지. 그래. 그랬어. 그게 무림이었다.

무언가 그리운 듯이 말을 하는 독존황이었다. 그가 표정을 지을 수 있었더라면 회한 어린 노인의 표정을 짓고 있지 않았을까?

'무림이라…….'

문득 묘한 생각이 드는 왕정이었다.

어쩌면 자신이 속해 있는 지금의 무림은 좀 변질된 것이 아닐까? 정파의 무인들이라고 해서 정치적이기만 한 것은 아니지 않을까?

"제가 편협하게 군 것일지도 모르겠네요. 정파에도 분명 정파인다운 자들이 있을지도요."

—그래. 그러니 여지껏 무림맹이 있을 수도 있는 거겠지. 네가 공적으로 지목될 당시 반대를 한 자도 있다 듣지 않았더냐?

무당, 소림, 제갈. 그리고 관철성 관언과 정의대주였던 완헌. 후에 천라지망에서 탈출을 하고서야 알게 되었지만 그들은 대표적으로 자신이 공적이 되는 것을 반대하는 자들이었다.

"예. 그렇다고 듣기는 했지요. 자세한 연유야…… 모르겠지만요."

왕정이 공적이 되는 것을 반대한다고 해서 그들이 얻을 이득은 없을 것이다. 그럼에도 그들은 반대를 했다.

그 이유가 뭘까?

—정파인이었기 때문이겠지. 대세가 기울었을지언정 자신들의 소신만큼은 표하고 싶었던 것이었을 게다.

독존황의 말대로 정파인이기 때문일 거다.

"하기는…… 혜미 소저의 도움이 없었더라면 죽었을 지도 모르죠."

—그래. 그런 게다. 그들도 여러 관계에 묶여 있기에 직접적으로 도움을 주기는 힘들었을 게다. 하지만 나름 최선을 다해주지 않았더냐?

"흐음…… 그렇기도 하네요."

직접 보지는 못했지만 개방은 꽤나 중립적이었다고 들었다. 그들이 제대로 정보를 건넸으면 자신은 그대로 공적으로 죽임을 당했을지도 모른다.

제갈세가에서도 제갈혜미의 도움을 분명 눈감아 주었다. 그것이 제갈세가가 준 도움이다.

소림 또한 마찬가지다.

어쨌든 그들의 본거지는 하남인 터. 그들이 제대로 마음먹고 왕정을 잡으려 했다면…… 그 또한 잡혔다.

"지금 생각해 보니 알게 모르게…… 도움을 많이 받았네요."

—확실히 그러하다. 그렇지 않았더라면…… 잡혔을 게야.

어떤 식으로든 무림맹에서 전력을 다했더라면, 또한 그들의 반대가 없었더라면 자신은 진즉 잡혔을 것이다.

천운이 닿아서가 아니라, 아직까지 정파의 정신을 가진 자들이 있었기에 공적으로 몰리고도 살아남았다.

이제야 그것을 제대로 깨달은 왕정이었다.

"흐음…… 복수는 분명 할 거예요. 당가에 대한 원한을 지울 수는 없으니까요. 그렇지만 최대한 정파다운 사람에게는 피해를 줘선 안 되겠죠?"

—그것이 네 선택이라면 그리 해야겠지.

"모르겠네요. 뭔가 복잡해요."

고맙다고 말하는 하운성의 서찰을 받고는 머리가 복잡해지는 왕정이었다.

당가를 필두로 하여 복수의 대상이라고만 생각했던 곳이 정파의 무림맹이다. 헌데 그들 가운데에서도 제대로 된 자들이 있었다.

복수를 하겠답시고 그런 자들에게서도 피를 보아야 할까?

그래서는 자신 또한 당가와 같은 파렴치한 놈이 되는 것은 아닐까. 과연 제대로 된 복수는 어떻게 해야 할까?

머리가 복잡해질 찰나. 왕정은 머리를 휘휘 저으며 더 이상 생각하기를 멈추었다.

'아직 힘도 갖추지 못했다.'

이런 고민은 복수의 때가 되어서 해도 문제가 될 것은 없었다. 힘을 갖추면 어떻게 할지는 언제든 선택을 할 수 있을 테니까.

"헤에…… 머리는 복잡하기는 한데. 어쨌거나 오늘은 포식하겠네요."

하운성이 준 상자 안에 들었던 것. 그것은 정성이 가득 담겨 있는 점창의 음식이었다.

이런 음식을 준비했다는 것은 매일같이 점창의 무인들이 민가에 음식들을 들어 날랐다는 뜻이 아니겠는가?

하운성이 담은 구명지은의 뜻이 가득 담겨 있는 음식이다. 식었다고 해서 그 정성이 사라졌을 리가 없지 않은가?

"좋네요."

오랜만에 마음이 담긴 음식을 먹으며 하루의 노곤함을 푸는 왕정이었다.

*　　*　　*

아미의 정민 사태는 바삐 걸음을 옮겨 당가를 찾아갔다. 아미산이 낮은 산도 아니건만 한달음에 움직이는 그녀였다.

그녀를 수행하고 있는 여승들도 그녀의 바쁜 마음을 이해하는 것인지 함께 발맞춰 표홀하게 움직이고 있었다.

"아니, 무슨 일이십니까?"

"무슨 일이라니요? 가주는 계십니까?"

"기별을……."

아미 사태는 더 참지는 못하겠는지 당가의 무사와 함께 움직이기 시작했다.

"됐습니다. 가면서 보면 되는 것 아니겠습니까?"

"아니…… 아무리 아미의 장로라 하셔도 그러시면……."

"상황이 급하오."

"아무리 그러셔도! 저로서는……."

꽤 오래 전부터 아미는 사천성에서 가장 작은 세를 가진 곳이다. 사천 내에서는 당가 다음 청성이요, 청성 다음 아미라는 말이 쉬이 나돌 정도다.

아무리 이번 대에 새로 받아들인 제자들이 출중하다 소문났지만, 아직 세가 약하다는 것이 현실이다. 그런 상황이니, 당가의 무사도 감히 아미의 장로에게 이리 대하는 것이리라.

"갈! 현 상황이 급한 상황이라 하지 않았소?"

"상황이라 하심은……."

"전서가 오지 않았소! 점창에서!"

"예?"

당가에서는 아직 무사에게 점창의 전서에 대한 말을 전하지 않은 것인가? 아니면 모른 척을 하는 것인가.

어쨌든 상관없다. 먼저 말을 꺼내어 공론화를 시키면 될 뿐이다.

"내 당가에서 먼저 사천의 무사들을 모을 것이라 기대하고 기다렸으나 아무런 기별이 없어 직접 이렇게 온 것이오. 사태가 급박하니 어서 안내를 하시오."

"예, 옙!"

천라지망에서의 일로 당가 내부도 어수선한 가운데 아미 정민 사태의 방문이 그리 반갑지만은 않은 당가였다.

쇠락해 가고 있으나 구파일방은, 구파일방. 바로 가주 당기전을 만나게 된 정민 사태다.

당기전은 자신의 자식 당이운에게 보이던 엄한 표정은 어디로 가고, 일견 자상 해보이기까지 한 표정을 짓고 있었다.

어쩌면 표리부동(表裏不同)이라는 말은 그를 위해서 생긴 말일지도 모른다. 그만큼 사람이 변해 보였다.

"오랜만에 뵙습니다. 허허."

"이미 사태를 파악하고 계시겠지요? 당가가 아닙니까?"

"사태라 하심은……."

"점창의 일 말입니다. 그들로부터 전서가 온 지 이주야가 더 지났습니다."

전서가 온 지 이 주.

그 정도 시간이라면 사혈련의 무사들이 점창에 침공한지가 한 달이 다 되어 간다는 소리다. 실제로는 왕정의 도움 덕분에 그럭저럭 버텨가고 있는 점창이지만, 정민 사태가 예상하기에는 점창이 위태롭다고 생각할 수밖에 없었다.

'운남 가까이에 있는 사천의 문파들이 돕지 않고서야 점창이 이번 위험을 헤쳐 나갈 수 있을 리가 없다.'

다만 지금까지 아미가 가만 상황을 파악하고만 있었던 이유는 당가가 먼저 움직여 줄 것이라 예상했기 때문이다.

현재로서 사천의 제일 문파라 할 수 있는 곳이 당가이니, 그들이 먼저 사람을 이끌 것이라 생각을 한 것이다.

괜히 아미에서부터 나서 보았자, 당가에서 책을 잡을까 걱정을 한 것도 이유라면 이유다.

헌데 지금 상황은 뭔가?

당가는 움직이기는커녕 되려 평시 체제를 유지하고 있을 정도였다. 무사들을 모으는 시늉이라도 한 청성과 너무 대조적이지 않은가.

"아아. 그 일 말입니까?"

"아미의 무사들은 이미 모았습니다. 이제 당가만 모으면 되는 일 아닙니까."

물론 아미는 모을 수 있는 모든 자들을 최대한 모았을 정도다. 허나 사천의 패자라 할 수 있는 당가가 가만있기에, 모을 수 있는 무사들의 수에는 한계가 있었다.

당가가 나서주기만 하면 그래도 상황이 반전될 것이다. 그리 되면 분명 운남에도 도움이……

"불가합니다."

헌데 대답은 생각지도 못한 것이었다.

'대체 왜?'

그동안 쌓은 수양만 아니었더라면 정민 사태는 그 자리에서 소리를 질렀을지도 몰랐다. 사람을 모으는 것이 불가하다니?

말도 안 되지 않는가.

같은 정파인들끼리 돕는 데에 불가한 이유가 있는 것인가? 그렇다면 애시당초 무림맹으로서 모일 필요도 없잖은가!

꼬리에 꼬리를 물고 의문이 이어진다.

정민 사태는 의문 가운데에서도 자신의 본분은 잊지 않았기에, 잠시 한숨을 돌리고는 조심스레 당가주에게 물었다.

"……이유가 무엇인지요?"

"현 사천도 위험하기 때문이오. 그동안 사천에서 일어났던 사건이 좀 많습니까?"

방화. 강도. 암살. 여러 가지 일이 사천에서 있기는 했다. 하지만 그 모든 일들은 결국 한 가지 이유로 귀결된다.

"상황을 보면 사천을 뒤흔드는 자들은 사혈련이 아닙니까? 운남의 침공을 위해서요."

바로 이거다. 사혈련의 무사들이 애써 사천을 공격한 이유는 운남을 공격하기 위함이 아닌가. 그 때문에 잠시 시선을 돌리기 위해서 사천에서 일을 벌인 것이고.

그런데 그것이 운남을 돕지 못할 이유가 되는 것인가? 말도 안 되는 소리다. 이유를 불문하고 직접 침공이 일어난 운남부터 도와야 했다. 사천의 일도 일이지만, 운남부터가 선(先)인 것이다. 그런데 당가주의 답은 의외다.

"아닙니다."

"아니라고요?"

"예. 아닙니다."

아주 단언을 할 정도다.

"대체 뭐가 아니란 겁니까?"

"저들은 사천의 침입을 노리고 있습니다. 운남은 미끼일 뿐이지요."

미끼라니? 말도 안 되는 소리!

고작해야 미끼를 위해서 운남을 직접 침공한다? 사혈련이 미치지 않고서야 그럴 리가 없다! 되도 않는 소리다.

하지만 당가 가주의 표정을 보자니.

'……당가에게서 정파의 정신은 죽은 것인가?'

이미 일이 글렀다. 당가의 가주는 단호한 표정으로 말하고 있었다. 정민 사태가 무슨 말을 하든 사천을 떠나지 않을 것이라고! 그들은 애시당초 점창의 무인들을 구할 생각이 전혀 없었던 것이다.

정민 사태가 무슨 말을 하든 당가에서는 절. 대. 로 사천을 떠날 일이 없을 것이다. 그게 현실이었다.

그러니 당가는 정파……가 아닐지도 모른다. 아니 그들이 하는 행동을 보면 정파이기를 포기한 듯했다.

'썩어버린 게지…… 무림에 평화가 길었어.'

오래 지속된 평화가 많은 것을 변하게 만들었다. 그것을 실제 몸으로 느끼고 있는 정민 사태였다.

그렇기에 정민 사태로서는 달리 더 할 말이 없었다. 그저.

"그럼 저희라도 움직이도록 하겠습니다. 그것은 괜찮으시겠지요?"

"아미의 뜻이 그러하다면 말릴 수야 없겠지요."

"……그럼 먼저 움직이겠습니다."

자신들이 움직이겠다는 뜻만을 전할 뿐이었다.

'청성에는 갈 필요도 없겠군…… 어차피 그들은 당가의 뜻을 따르기 시작한 지 오래이니까…….'

당가가 변했다. 같이 하던 청성도 어느 순간부터 변했을 것이 분명하다. 그들도 그러니 움직이지 않은 것이겠지.

괜히 당가의 움직임을 기다리다가 이주라는 소중한 시간을 버렸다.

"잘 풀리셨습니까?"

이수안. 정민 사태의 속가 제자이자 산서 이가의 금지옥엽이 묻는다. 그녀의 눈에는 기대가 잔뜩 어려 있었다.

같은 정파이니 당가도 점창을 도울 것이라는 순수가 가득 담긴 기대였다.

"……가자. 점창으로."

"그렇다면 당가는?"

"우리끼리 해결을 해야겠구나. 후우…… 정파가 어디로 갈는지."

그나마 정파인으로서의 정신이 살아 있는 아미가 움직이기 시작했다. 그들을 따르는 사천의 무인들은 생각보다 그 수가 적었다.

'어쩌면 저번 공적을 선포하던 때에도…… 반대를 해야 했을지도…… 소림과 이야기를 해보아야겠어.'

후회를 해보아야 어쩌겠는가.

이미 주사위는 굴려졌고, 현 상황에서 왕정을 공적으로 몰던 건에 대한 것을 이야기하기에는 시일이 너무 지났다.

그저 점창이라도 돕기 위하여 움직일 따름이었다.

사천에서 세가 약해져 움츠리고만 있던 아미가 점창을 돕기 위해 조심스레 움직이기 시작했다.

* * *

"어서 움직이자."

아미의 무인들이라고해서 전부 움직일 수는 없었다. 그 수는 중소문파를 합쳐서 전부해야 사백 정도.

그들이 모두가 움직일 수 없는 것은 당가와 청성을 견제해야 하는 것을 떠나 사혈련 때문이다.

사천에서 암약하고 있는 사혈련은 사천 내부에서 끊임없이 사건을 만들어 나가고 있었다.

분명 사천도 신경을 쓰기는 써야 하는 상황이다.

허나 일의 선후를 생각하면 사천의 여러 일들보다는 점창에 쳐들어 온 사혈련의 무사들이 먼저기에 움직일 따름이었다. 약간이지만 두려워하는 중소 문파의 사람들을 독려하면서 운남으로 내려온 지가 얼마나 되었을까?

점창과 사혈련이 맞붙고 있을 운남의 동쪽에 있는 선위(宣威) 현 어귀로 왔건만, 되려 사천보다 평화로워 보이기까지 했다.

'뭔가 이상하구나.'

분명 사태의 예상대로라면 이곳 선위에서 점창과 사혈련 무사들의 다툼이 벌어지고 있을 터였다.

전서대로라면 부녕(富寧)현에서부터 사혈련이 치달아 올라왔으니, 선위 현까지 점창이 밀리지 않았을까 계산한 것이다.

헌데 평화로워 보인다니? 말도 안 되는 소리다.

정민 사태는 상황을 파악케 하기 위해서 제자들을 현에 보내었다. 그들이라면 답을 얻을 수 있을 것이리라.

한 시진 정도나 지났을까.

꼼꼼하게 조사를 하고 온 것인지 잠시의 시간이지만 제자들의 얼굴에는 땀이 송글송글 맺혀 있었다.

아미의 밝은 미래가 될 여자제들이 열심히 움직인 것이지 않은가. 정민 사태는 오랜만에 웃으며 말했다.

"수고했구나."

짧았으나 그녀다운 칭찬이었다.

"아닙니다. 스승님."

대답은 수안이 대표해서 하였다.

"그래. 이 상황이 어찌 된 상황이더냐? 평화로운 것이야 좋지만…… 점창에서 쉬이 사혈련을 막아낸 것이더냐?"

생각 이상으로 점창이 강한 것인가? 물론 대를 이어가며 독곡과 다툼을 벌여 온 점창이니 약하지는 않을 것이다.

그렇다 해도 혼자의 힘으로 사혈련 무사들을 막아 낼 수 있다는 건 사혈련도 준비를 단단히 했을 터이니 말도 안 되는 소리였다.

헌데 답은 의외였다.

"예. 완전히 막아낸 것은 아니나 아직 남쪽에서 다툼을 벌이고 있다고 합니다."

"흐음. 그렇다면 성공적으로 막아 나가고 있다는 것이겠구나?"

의외로 성과를 내고 있는 것인가?

"예. 듣기로…… 비적이라는 자가 독을 사용해서 돕는다고 합니다."

"뭐? 비적? 그리 들은 것이 맞더냐?"

처음 듣는 별호였다. 아니, 비적이라는 별호를 쓰는 것부터가 웃긴 이야기다.

"분명 그리 들었습니다. 제자도 처음에는 잘못 들었나 싶어 몇 번이고 확인하였사옵니다."

"……재미있는 일이구나. 갑작스러운 사람의 등장이라."

"누군가는 독곡에서 돕는다고도 하고, 또 누군가는 새로운 신예의 등장이라고도 합니다. 다만 그 행색이……."

"행색이? 무어라도 문제가 있다는 것이더냐?"

"예. 분명 정파를 돕는 것임에도 불구하고 꼭 얼굴에 두건을 걸치고 있답니다. 얼굴이 드러나지 않도록요."

"흐음…… 방어전을 치르는 것이니 쉽게 막아내는 것이라 생각했거늘. 다른 도움을 주는 자도 있다는 거로구나."

"예. 확실히 특이한 사람이지요. 또한 그 정도로 도우려면 보통의 무위는 아닐 것이라 생각이 듭니다."

"그렇겠지. 묘하구나……."

정파를 돕는데도 얼굴을 드러내지 않는다라? 그러면서도

사람을 돕는다? 흔치 않은 일이지 않는가.

제자 수안의 말을 들으면 들을수록 궁금함이 더해져 가는 정민 사태였다.

'직접 보지 않고서는 상황을 파악하기가 힘들겠군. 무언가 일이 벌어지고는 있는데…….'

비적이라는 자를 차지하고 일단은 상황이 나쁘지 않게 돌아가서 다행이었다. 이대로라면 아미가 도우면 사혈련 무사들의 진격을 막을 수도 있겠다는 생각이 드는 정민 사태였다.

'죽으라는 법만 있는 것은 아니겠구나.'

처음 사천에서 운남으로 내려올 때와는 다르게 조금은 인상을 펴는 정민이었다. 그녀가 힘을 내어 외쳤다.

"부녕현으로 가세!"

"예!"

"와아아!"

그녀를 따르는 정파의 무인들이 남으로 계속해서 내려가고 있었다. 그들의 가슴에서는 전에 없던 조그마한 희망이 점차 싹터 오르고 있었다.

무언가가 정파를 돕고 있었다.

第三章

련주의 분노

오늘도 사혈련의 무사들을 막은 왕정이다.

사혈련의 무사들도 근래에 들어서는 민가를 습격하는 일을 줄이고 있었긴 했다.

괜히 민가를 습격하다 전력이 줄어드는 일을 막기 위함이리라. 사혈련의 무사들이 갑자기 인간된 도리를 따지거나 하지는 않을 테니 말이다.

그렇다 해도 완전히 사혈련 무사들이 민가 습격을 그만둔 것은 아닌 터. 왕정으로서도 쉼 없이 몸을 움직이면서 사혈련 무사들을 처리했다.

그게 아니면 점창과 사혈련 무사들이 충돌할 때 손을 쓰기도 하는 형편이었다.

덕분에 점창 무사들로서는 정체를 잘 모르기는 하지만 비적이라 불리는 왕정에 대해서 꽤나 호감을 표할 정도다.

물론 이거야 어디까지나 점창의 하급 무사들에 국한된 사실이다.

"어찌해야 하는가……."

비적이라 불리는 왕정의 정체를 어느 정도 눈치채고 있는 점창의 수뇌나 하운성으로서는 복잡하기만 한 내심을 가지고 있었다.

점창은 청성의 부탁을 들어 그를 공적으로 몰고, 천라지망의 일익을 담당하기까지 하지 않았던가.

그런 상황에서 왕정이 사혈련 무사들을 막는 데 도움을 주고 있으니 복잡한 심정이 아니면 그게 더 이상할 일이다.

그런 점창의 무인들 속을 아는지 모르는지 오늘 하루도 사혈련 무사들을 눕히는 왕정이었다.

다 처리를 하고는 손을 탁탁 털면서, 혼잣말 아닌 혼잣말을 하는 그였다.

"옛날에는 무공을 배워도 이렇게 제가 사람을 죽일 줄은 몰랐는데 말이죠. 어쨌거나 살인은 살인이니까요."

—죽일 만한 놈들이지 않았느냐? 양민을 습격하다니. 무

인으로서 자부심도 없는 잡것들이다.

살인. 그에 대해서 죄책감이 전혀 없으면 말도 안 되는 일이리라.

허나 독존황은 역시나 단호했다. 죽일 놈이니 죽인 것이란 소리다. 그의 주장도 분명 옳기는 했다.

"그래도요……."

—허허. 이미 전에 이야기하지 않았더냐? 이 할애비를 보거라. 죽어서도 사후세계가 있다는 증거가 아니더냐.

이건, 전에도 했던 이야기였다.

귀신이나 다름없는 독존황이 아닌가. 그가 있다는 것은 사후세계가 있다는 증거이기도 했다.

어쨌거나 귀신, 즉 혼(魂)이라는 것이 존재한다는 증거이니까.

"으음…… 역시 그렇겠죠?"

—그런 거다. 이 할애비도 죽기 전에는 사후 세계를 믿지 않았으나…… 이리 존재하니, 분명 있는 것이겠지.

"그렇다고 해서 사람을 죽여도 된다고 여기는 것은 왠지 미친 소리 같단 말이죠."

문제는 이거다. 왠지 모르게 내심 찔리는 바가 있다는 것.

'사후 세계가 있다 해서 사람을 죽여도 되는 것인가. 어

짰거나 이번 생은 끝이게 되는 건데?'

이런 감정을 느끼지 않으려고 해도, 본디 마음이 단단하기만 한 왕정은 아니다 보니 그러한 것이리라.

—허허. 되었다. 이미 오래 전에 했을 고민을 이제야 해서 무슨 소용이겠느냐. 죽을죄를 짓는 놈들을 죽이는 거나 생각하거라.

"역시 모르겠네요."

—마음이 걸리는 것. 그것이 네가 아직까지는 바른 심성을 가지고 있다는 증거이겠지. 할애비로서는 좋은 일이라 생각한다.

"이러는 게요? 할아버지가 말하는 무인이라는 것은 살인을 해도 죄책감을 느끼진 않잖아요?"

—무림인이면…… 분명 그러하겠지. 허나 할애비이자, 가족으로서는 손주가 심성이 바르다는 게 좋은 게 당연하지 않겠느냐?

그런 건가.

'무공만 강조하시는 줄 알았는데…….'

독존황이 자신의 심성에 대해서도 생각을 한다고는 생각지 못했던 왕정이다.

그러나 이런 이야기를 한다는 것 자체가 독존황으로서는 나름 왕정을 신경 쓰고 있다는 것의 반증이리라.

"후우…… 모르겠네요. 어쨌든…… 사후라는 것이라도 있으니 마음의 짐을 조금은 덜어도 되겠죠. 합리화라고 할지라도요."

—그래. 그런 거다.

이제 와서 이런 고민을 하기에는 무림이라는 늪에 빠져든 지 오래이지 않은가.

이제야 살인에 대해서 죄책감을 갖는다는 것 자체가 어쩌면 너무 늦은 일일지도 모른다. 그러기엔 너무 많은 이들을 죽이지 않았던가.

그럼에도 고민을 하며, 자신이 바른 길을 가고 있는지에 대한 고민을 하는 것 자체가 나쁜 일은 아닐 게다.

그런 왕정을 기꺼운 심정으로 바라보는 독존황이었다.

'녀석. 그러면서 성장을 하는 게지……. 끊임없이 고민하고, 생각하거라. 홀로 지낸 시간이 많았기에 고집만 강한 줄 알았거늘…… 나쁘지 않구나. 허허.'

조금은 뒤늦은 성장통일지도 모른다. 그런 성장통을 겪어가며 운남의 격변 하에서 움직이고 있는 왕정이었다.

그는 분명 무공이 아닌 마음으로도 점차 앞으로 나아가고 있었다.

* * *

"전서를 보내게나."

"……예."

결국 상황이 길어지니 허웅으로서도 보고를 안 할 수가 없었다.

더 이상 보고를 지체했다가는 련에 대한 반역으로 치부될 수도 있는 상황이니 허웅도 어쩔 수 없었으리라.

"그 녀석이군."

소식을 들은 사혈련주는 대번에 상황을 파악해 내었고, 왕정의 정체까지도 유추를 해내었다.

현장에 있으면서도 처음 독곡을 지목했던 허웅과는 전혀 다른 판단이었다. 그는 멀리서도 바로 정답에 도달해냈다.

역시 괜히 련의 련주가 아닌 것이다. 그는 한껏 분노를 가슴에 안으면서, 동시에 련의 무사들을 대거 소집하기 시작했다.

그의 앞에 있는 점잖고 차분해 보이는 젊은 무사도 이번 일로 소집된 자들 중에 하나였다.

"우선은 작은 지역이라도 확보를 해야만 한다. 그렇지 않고서야 련의 체면이 살지가 않아."

"분명히 처리를 하도록 하겠습니다."

"그래. 자네가 가면 되겠지."

사군창(邪君槍) 조준.

사혈련의 무사들 가운데에서도 그나마 덕망이 있는 자가 바로 그였다.

젊은 나이에 절정을 넘어 초절정에 오른 인재이기도 한 그는, 까다로운 련주로서도 그를 보내면 어지간한 일은 해결될 거라 여길 정도다.

그 실력을 떠나 몇 안 되는 련주의 신임을 받는다고도 할 수 있는 자였다. 그렇기에 련주는 조금 더 신경을 써 명을 내렸다.

"다만 관철성이 무림맹에서 오게 되면 바로 빠져나오도록 하게나."

"그라고 해도 막을 자신이 있습니다."

"알고 있네. 하지만 아직으로선 때가 아니야. 시일은 무림맹의 지원이 오기 전까지이네. 그때까지, 부녕현이라도 차지를 해 놓도록 해!"

"명 받잡겠습니다."

그라면 그 정도는 충분히 해 낼 수 있을 것이다. 그가 확인을 하듯 물었다.

"패악권은 어찌합니까?"

"……데려오게나. 그 뒤에는 처벌을 해야겠지."

"알겠습니다."

본래부터 독공이라는 것은 대량 학살이 특징이 아닌가.

그런 독공을 익힌 왕정이 방해를 했으니 허웅으로서도 달리 도리가 없었음을 이해하는 련주였다.

평소라면 처벌부터 했을 것이나, 상황을 알고 있기에 넘어가는 것이다. 그래도 련의 규칙상 어느 정도의 처벌은 그도 피할 수 없으리라.

"그럼 다녀오겠습니다."

조준이 물러나자마자 짧게 한숨을 내쉬는 련주였다.

"후우……."

왕정이 공적으로 몰린 상황을 이용하려 했으나, 되려 왕정이 방해를 하는 웃기지도 않은 상황이 펼쳐졌다.

한숨이 나오지 않으면 그게 더 이상한 일일는지도 모른다.

복잡한 내심을 추스르고 있는 련주에게 그의 하나뿐인 딸인 사도련이 찾아왔다.

몸이 낫고부터는 무공 수련에 열심히여서인지 전에 비해 훨씬 건강해 보이는 그녀였다. 물론 그 미모만큼은 여전했다.

"왔느냐?"

"예. 아버지. 그가…… 방해를 했다지요?"

"이미 들었더냐?"

"뻔하지 않습니까. 독공을 익힌 그가 아니고서야 홀로 이런 방해를 할 수 있는 자가 있을 리가요."

"……그래."

분노만을 내뱉기에는 사도련의 맑은 눈이 걸리는 련주였다. 딸인 그녀의 눈을 보고 있자면 다른 감정 이전에 부정부터 끓어오르는 그였다.

그가 사공을 익혔음에도, 다른 사혈련 무사들에 비해 사특함이 덜한 이유는 바로 눈앞의 딸 덕분이리라.

"어찌해야 한다 생각하느냐? 그가 도주를 할 때, 도움을 준 것은 생각지도 않은 듯하구나."

성격대로라면 당장 왕정을 찾아가 그 목숨을 끊을지도 몰랐다. 그나마 앞뒤 재지 않고 달려 나가지 않는 것은 바로 딸아이가 걸리기 때문이리라.

어쨌거나 왕정은 딸아이를 치료해낸 은인인 셈이니 참아 넘기는 것이다. 자신의 딸에게 그 정도 가치는 있었다.

'허나 더 방해를 했다가는…….'

언제고 자신의 손으로 왕정의 목숨을 끊는 날이 올 지도 모르리라.

그런 사혈련주의 내심을 아는 건지 모르는 건지, 사도련은 여전히 무표정을 유지하고 있었다.

"애시당초 상황이 저희 때문에 벌어진 일일지도 모르니

까요.”

“끝까지 그 녀석의 편을 드는 것이냐?”

“저의 생명의 은인입니다. 게다가 저희가 원인을 제공한 것도 있으니 이번만 넘기시지요.”

“모르겠구나. 아니, 네 말대로 해주마. 이것으로 그로부터 받은 은(恩)은 모두 정리가 된 것이다. 다시금 이런 일이 벌어진다면 그때는 이 아비가 나설 것이니라.”

자신의 아버지인 련주는 분명 련주 된 입장으로서 당연한 말을 하고 있음에도, 괜스레 마음에 걸리는 바가 있는 그녀였다.

왕정에 대한 자신의 감정을 아직까지는 제대로 깨닫지도 못하고 있는 그녀인 것이다.

마음으로부터 나오는 왠지 모를 불만에 입술을 잘근 깨물고는 그녀가 답했다.

“……그러시지요.”

“그래. 그때도 이 아비를 막지는 말거라. 이것으로 그때의 모든 일은 끝이라 분명 선언하였으니!”

련주에게 내재된 분노가 화려하기만 한 대전 안을 가득 채우고 있었다.

* * *

왕정만큼이나 전장의 상황을 직접 실감하고 있는 자는 없을 것이다.

그는 쉬는 밤을 제외하고는 항시 민가를 돌거나 점창과 사혈련의 전장을 다녔으니 말이다.

전장을 다니는 것을 출정이라 치면, 그가 가장 많은 출정을 했다는 소리다. 그만큼 그는 열심이었다.

'어딜까? 여승들이라…… 말로만 듣던 아미 사람들인가.'

그 전장의 한켠에서 왕정은 쌍장과 검을 휘두르며 전장을 이끌어 가고 있는 여승들을 주의 깊게 바라보았다.

속가제자인 듯 때때로 비구니가 아닌 여인들도 있긴 하였지만 그들 특유의 무복이 같은 소속임을 말해주고 있었다.

그들은 자신들이 이끌고 왔음이 분명한 무사들과 함께 사혈련의 공습을 적절하게 막아내고 있었다.

여인다운 부드러움으로 운남을 방어해 냄과 동시에, 특유의 독기로 사혈련을 물리친다는 말이 딱 어울리는 상황이리라.

"아미파가 맞죠?"

―그들의 무복이 바뀌지 않았다면 맞을 것이다.

"흐음……."

운남의 위에 있는 사천에서 드디어 도움을 주는 것인가?

운남과 사혈련의 전투가 벌어진 지 한 달이 더 넘어서 왔으니 빠른 것은 아니다. 그래도 그들이 온 것만 해도 어디인가.

"다 같다고 볼 수는 없겠네요."

—그런 거 같구나. 아직은 정신이 살아 있는 자들이 있기는 해.

사천에 있는 청성이나 당가는 아니더라도 적어도 아미파 정도는 같은 정파인으로서 점창을 도우러 온 것이 아닌가.

독존황의 말대로 정신이 살아 있었다.

그런 그들이 왔으니 사혈련 입장에서도 이제는 상황이 더 까다로워진 셈이다. 점창에 더불어 아미도 상대해야 하기 때문이다.

"저들 정도가 왔으면 제가 더 수습할 건 별로 없겠죠?"

—그럴 게다. 아미파의 여승들은 적어도 방어에는 보통을 넘거든.

"방어에요?"

—그렇다. 여인들이어서 그런지 수비적인 부분에 강하지. 짜임새 있는 방어진이 특기다.

"상대하기 까다롭겠네요."

—확실히……

독존황이 확언을 더해 줬다. 가끔 보면 그는 어지간한 문파는 다 상대해본 듯한 말을 하곤 한다.

'하기야 독곡 출신이시니까…… 흐음. 독인으로 나오셨을지도.'

그의 과거가 독곡의 독인 중에 하나였다면 모두 이해가 되게 된다.

독곡의 독인을 상대하기 위해서 구파일방이 나서는 것은 아주 없는 일은 아니니까. 전체가 동원되었다는 전례도 있을 정도다.

"그럼 이쯤 되면 저도 슬슬 물러나도 되겠지요?"

—흐음…… 그래도 마무리는 확실히 하고 가려무나. 사혈련 측에서도 가만있기만 하지는 않을 테니까.

역시 경험 면에서는 아직 독존황을 따라갈 수 없는 것인가.

며칠이 지나지 않아 그의 말대로 사혈련 측에서는 지원군을 더해 왔다. 무림맹의 지원군이 오기 전에 어서 끝낼 태세인 듯했다.

특히 창을 아주 멋들어지게 쓰는 자가 있었는데, 얼핏 보아도 그의 경지는 왕정과 동수이거나 그 이상이었다.

그의 창법이 가져다주는 놀람이 독존황에게까지도 전해

진 것일까.

—양가 창법이 어째서 사혈련에?

왕정의 눈을 통해서 가만 전장을 바라보던 그가 놀란 듯 내뱉을 말이었다.

양가 창법이라니? 그런 창에 관련된 가문도 있었던 것인가. 견문이 짧은 왕정으로서는 금시초문인 말이다.

"대단한 곳이에요?"

—대단하다 말다. 정파에 오대세가에 다다른 가문이었다. 잘하면 오대세가에 들지도 모를 곳이었지.

"에? 정파라뇨?"

정파의 가문인데 왜 사혈련의 무사로 있는 것인가. 말이 안 되지 않는가.

—이 할애비의 사후에 무슨 사연이 있는 듯하구나. 흐음…… 근본 자체가 바른 가문이었거늘.

조준의 별호가 사군창이라는 것을 알았더라면, 독존황의 생각에 확신을 더해줬을 것이 분명했다.

"에…… 무림도 복잡하기는 복잡한 곳이군요."

—그렇다. 그러니 구파일방이 대단한 것이겠지. 그 오랜 기간 동안 무림에서 명멸(明滅)을 거듭하면서도 버텨왔으니.

명파의 저력 같은 것인가.

전장을 날뛰고, 살피고, 조율해 가면서 조금씩이지만 안목을 키워가고 있는 왕정이었다.

어느새부터인가 운남은 사혈련과 무림맹의 축소판이 다 되었다.

"점철검(漸鐵劍)이라고 하오이다. 운남이 고향이라 왔소."

"사훈도(斜曛刀)요. 돕기 위해 왔수다. 한 자리만 주면 되오."

각양각색의 모습을 한 자들.

아미파와 점창을 주축으로 한 정파 측에는 어려운 가운데에서도 매일 같이 의인을 자처하는 자들이 찾아왔다.

비록 그들은 구파일방의 사람도, 알아주는 최고수도 아니었으나 그 정신만큼은 고매하기 그지없었다.

아무런 득이 없어도 오직 정파라는 이름하에 모인 그들일 테니까.

그런 그들을 바라보면서 묘한 감정을 느끼고 있는 왕정이었다.

'저런 사람도 정말 있구나…….'

적이라 생각하는 가운데 진정한 정파인을 바라보고 있으니 묘할 수밖에 없기도 했다.

사혈련의 자들은 사파의 무사들이 무엇인지를 확실히 보여주었다.

"칠악아(七惡兒)라고 합니다. 흐흐."

"이참에 사혈련에 둥지 좀 틀려고 합니다요."

사혈련의 정예무사들은 차라리 나았다. 사혈련에서 한 자리를 차지하기 위해 탐욕스러운 눈을 하고 찾아온 이들은 아주 가관이었다.

"크큭. 오늘도 한번?"

손가락을 까딱이며 민가를 가리키는 그들의 의도는 뻔하지 않겠는가. 오늘도 한바탕 민가를 뒤엎자는 뜻이다.

"한번은 무슨……."

"누구냐!?"

"죽기나 해. 별호가 칠악아는 무슨…… 무뇌아겠지."

"네놈! 크윽……."

그쯤 되면 왕정으로서도 나설 수밖에 없었다.

아미파와 점창의 활약을 살피면서도 동시에 그들이 막지 못하는 자들은 왕정이 처리하고 있는 것이다.

'어차피 사람만도 못한 금수들이다.'

독존황의 말대로 금수를 죽이는 것이기에 양심에 거리낄 것은 없었다.

누가 되든, 어떠한 고수이든 간에 금수는 금수답게 죽으면 되는 것이다. 그게 왕정이 새로 새운 가치다.

"휘유…… 끝도 없네요. 이런 놈들도……."

끝없이 쏟아지는 정파의 의사들과 사혈련의 금수들.

사혈련주를 직접 보았기에 련주가 얼마다 큰 인물인지는 이미 알고 있는 왕정이다. 아직까지도 그를 생각하면 몸이 쭈뼛 서곤 할 정도다.

'그런 사람이 이끄는 조직인데…….'

자신보다 큰 인물이 이끄는 조직이라고 하더라도 그 조직마저 대단하지는 않다는 것을 느끼는 왕정이었다.

그가 보기에 사혈련은 수뇌와 같은 일부를 제외하고는 무인답지도 않았다. 삼류의 파락호가 힘만 가진 경우가 더욱 많았다.

"이래서 사파가 대우를 받지 못하는 거겠죠?"

—허허. 그런 이유도 있겠지.

왕정이 한참 독존황과 대화를 나누고 있을 찰나. 어느새인가 모습을 드러낸 자가 하나 있었다.

"그 말은 취소하도록 하게나."

"사군창?"

젊으나 진중함 그 자체의 모습을 하고 있는 자. 사군창이 왕정의 뒤를 점한 것이다. 과연 바로 공격하지 않은 이유는 무얼까?

"……련에 준 은(恩) 덕분에 살았다고 생각하게나."

말을 들어 보니 그는 이미 왕정의 정체를 알고 있는 듯했다. 이미 아는 자에게 더 숨겨서 무엇할까.

그가 안다는 말은 련주가 안다는 말과도 다르지 않은 말이니 숨길 이유가 없었다.

"하. 의원이었으니 환자를 치료한 것은 당연한 일. 하지만…… 이런 경우는 보기 좋지만은 않습니다만은……."

"모두를 통제할 수가 없다. 그게 사파니까."

괜히 사군창은 아닌 것인가. 그는 사혈련의 수뇌이면서도 동시에 사혈련의 하위 무사들을 경멸하는 듯도 했다.

하기야 그러니 정파에서도 때로 존중을 받는 사군창이라는 별호를 얻은 것이리라.

"그래도 최소한의 시늉이라도 할 수 있잖아요?"

"……논쟁을 할 시간은 아닌 듯하군."

"아."

오늘따라 왜 이리 다른 이들을 눈치채지 못하는가.

"와아아! 사혈련의 무사들을 막아라!"

사혈련이 운남을 침공한 지 어언 두 달이 가까운 시간이 지나간 터.

밀고 밀리는 싸움 가운데서 수없이 많은 사투가 있었고,

점창과 아미의 활약이 도드라지는 대전이었다.

사혈련 무사들이 애를 썼으나 그들이 얻을 수 있는 지역은 아주 극히 작은 상황!

그 오랜 시간 가운데 드디어 무림맹의 무사들이 운남에 도착한 듯했다. 무림맹의 지원군이 도달한 것이다.

지원군이 왔다는 말은 관언 또한 도달했다는 뜻이다. 련주의 명을 받은 사군창으로서는 물러날 때가 온 셈이다.

"확실히 지금은 때가 아닌 듯하네요."

"련이 깨끗하다고는 하지 않겠다. 허나…… 무사가 있다는 것은 기억하라."

자신의 말이 전부 끝난 듯 사군창은 뒤돌아 물러섰다. 왕정을 믿는 건지, 등을 보이고 그대로 걸음을 옮기는 그였다.

그가 내력을 가득 담아 외친다.

"물러나라! 때가 되었다!"

무엇이 때가 되었다는 것일까? 사혈련에 무사들이 있다는 것을 왕정이 인정한다고 해서 무엇이 달라지는 걸까?

'모르겠군…….'

사군창은 왠지 사혈련의 무사답지 않은 자였다. 되려 정파의 무인이라고 하는 것이 더 어울리리라.

한 번 보았지만 그는 당가의 사람보다도 더욱 깨끗해 보였다.

정파라 불리는 당가는 사파인보다 못하며, 사파인이라는 자는 정파인보다 나은 기개를 가지고 있는 현실이라니.

왠지 모를 모순 속에서 복잡함을 느끼는 왕정이었다. 많은 의문이 그의 가슴 안에서 피어나고 있었다.

'많이 생각하거라. 그리하면 언제고 성장을 더 할 터이니…….'

오직 독존황만이 전장의 한가운데에서 기꺼워하고 있을 따름이었다.

第四章

그들만의 한 방

"네 이놈들!"

전장에 돌아온 전귀(戰鬼)가 된 지 오래인 그였다. 왕정에게 보여주던 관철성 관언의 인자함은 이미 사라진 지 오래였다.

그는 전장을 위해서만 태어난 듯, 전장에 모습을 드러내자마자 잔뜩 살기를 풍기며 사혈련 무사들을 압박하고 있었다.

살기를 잔뜩 뿜어내고 있는 그의 모습을 보고 있자면 정파의 무사인지, 사혈련의 무사인지 헛갈릴 정도다.

왕정으로서는 그의 생소한 모습에 잠시지만 숨이 멎을 정도였다.

"괜히…… 무림맹 수뇌가 된 건 아니네요?"

—그렇구나. 저 정도면 할애비가 있을 당시에도 알아줬을 게다.

보통이 보다 큰 주먹 하나.

허나 사혈련의 무사들이 쥔 무기보다는 작다고 할 수 있는 주먹 하나로 권법을 사용하는 관언의 모습은 장렬하기까지 했다.

그가 보여주는 모습은 그 드높은 경지를 떠나 그 이상의 뭔가가 있었다.

"쳐라!"

"우와아아아!"

정파인들마저도 그의 기세에 전염이라도 된 듯 평소 이상의 힘을 풍길 정도였다. 그의 등장 자체가 전장의 일면을 바꾸고 있었다.

전장을 휩쓸며 지휘하는 패장이 무엇인지를 바로 보여주고 있는 것이리라. 그는 무인이 되지 않았다면 장군이 됐을 사람이었다.

사혈련 무사들의 입장에서는 전장의 도중에 등장한 관언에게 한 방 먹은 셈이다.

"크아아악!"

"후퇴하라! 후퇴!"

사군창이 그나마 침착한 어조로 후퇴를 명하고 있으나 그게 어디 먹히겠는가. 관언은 확실히 그 이상이었다.

전장에서 가장 큰 피해가 벌어지는 때는 후퇴 중이라는 것을 증명하는 듯, 전장이 모두 끝이 났을 때는 사혈련 무사들의 시체가 즐비할 따름이었다.

한방 먹었으니 사혈련 측에서도 한 방 먹여야 하지 않겠는가. 곱게만 물러나기엔 사혈련 무사들의 성미가 그리 좋지만은 않았다.

"준비는 되었는가?"

조준이 그 밑의 무사들에게 물었다. 행색을 보아하니 사혈련에서부터 그가 직접 데려 온 무사들이었다.

그들은 전장의 전면이 아닌 후방에서 투입되기 위해서 마련된 자들이다. 계략에 특화된 자들인 셈이다.

"이미 일주야 전부터 준비 완료입니다."

"좋군. 물러나야 할 때와 계산은?"

"관언의 성미상 해가 뜨자마자 올 확률이 높습니다. 허니 전방에는 역시 잡것들이 좋겠지요."

잡것. 사혈련에 속하지 못한, 이번 일을 통해서 사혈련에 들어가려 하는 자들을 말함이리라.

전장이 벌어진 지 한 달이 넘는 기간 동안 아직까지도 사혈련에 들어오지도 못했으니 그들의 무력은 아주 낮은 셈.

그저 사람 수나 채우는 자들이 바로 '잡것'이라고 칭해지는 자들의 이름이다.

"그대로 준비하게."

"예."

명을 내리는 사군창의 표정에도 변화가 없는 그들이 가질 내일의 운명에도 변함이 없을 것이다.

그들은 미끼였다.

"가자!"

다음날이 되자 관언은 그들의 예상대로 전진을 해 왔다. 사혈련의 예상대로 움직인 것이다.

하기야 그의 특기는 전장에서의 활약이 아니던가. 지략에서 그의 특기가 있는 것은 아니니 예상할 만했다.

다만 그는 언제나 적의 예상을 깨는 무위로서 전장의 전귀가 되었을 따름이었다.

"우와아아!"

"마, 막아라! 크아악. 본대는 대체 뭐하는 거야."

관언의 손에 적이 으스러진다. 주변에 있는 자들마저도 그의 권이 생성한 풍압에 몸이 밀릴 정도였다.

중년을 지나 이미 노년에 가까워져가는 관언이건만, 그는 여전했다. 아니 그 이상으로 발전해 나가고 있었다.

바로 전장에서!

그가 휩쓰는 그곳이 사혈련 무사들의 묘지였다.

얼마나 그가 활약을 했을까.

그를 따라 기세등등하게 사혈련의 영역으로 들어 온 무림맹 무사들 또한 큰 전공을 세워가고 있는 상황.

아미와 점창은 잠시의 휴식을 위해 뒤로 빠졌을 지금이 가장 활약하기 좋은 시간이 아니겠는가!

"죽여!"

그들 또한 관언을 따라 전귀라도 된 듯, 사혈련 무사들을 쉼 없이 베어나가고 있었다.

평소보다 사혈련 무사들을 쉬이 죽이는 것에 의문조차도 가지지 않을 만큼 전장에 광기에 빠져들고 있는 상황.

그 상황 하에서도 침착한 눈빛으로 전장을 바라보던 조준이 명을 내렸다.

"시작하게."

"예!"

콰아아아아아앙! 콰앙! 쾅!

어마어마한 연속적인 폭음.

본래부터 전장이 자신의 자리라는 듯, 무림인들끼리의 대전에서는 찾아보기 힘들 폭음이 전장을 가득 매우고 있었다.

운이 좋은 것인지 폭음은 그가 있는 자리가 아닌 그의 뒤에서 났다. 의외의 상황에 잠시 멍해 있던 관언.

"이게 무슨……."

그는 앞을 바라보기보다는 자신의 뒤로 난 폭음에 뒤를 돌아보았다. 지휘를 하는 자로서 상황을 파악해야 했다.

"크으……."

"귀! 귀가!"

누군가는 폭음에 못 이긴 듯 귀를 움켜잡고 있었다. 고막이 터지기라도 한 듯 피를 줄줄 흘리고 있을 정도였다.

하지만 그들은 되려 운이 좋은 편이었다.

그나마 고막이 터진 것으로 끝인 자들의 뒤로는 사혈련이고 무림맹이고 할 것 없이 시체가 뒤엉켜 있었다.

"……."

무슨 말을 할까.

사혈련 무사들이야 상관없었다. 어차피 적이다. 허나 자신을 따라 달려오던 무림맹 무사들이 극심한 피해를 입었다.

무사들끼리의 전장에서는 없을 피해가 그대로 관언의 눈을 가득 채우고 있었다.

"……미, 미친."

"폭약이라도 쓴 건가! 사혈련은!"

폭약일 거다.

폭약이 아니고서야 이런 대규모의 폭발이 일어날 리는 없지 않은가. 무사들끼리의 전장에 금기나 다름없는 폭약을 사혈련이 사용한 것이다!

따져야 하는가? 아니 따진다고 들을 리가 없다. 어차피 적이며, 사혈련이지 않은가. 들을 리가 없다.

애시당초 말을 들을 자들이었다면 그들은 이런 짓을 벌이지도 않았을 것이리라.

관언으로서는 상황을 수습하려야 할 수도 없었다. 그가 이끌 무림맹 무사들 중에 반수 정도가 죽었는데 상황이 쉽게 정리될 리가 없지 않은가.

"가지."

"예!"

조준을 필두로 한 사혈련 무사들은 그런 무림맹 무사들은 신경도 쓰지 않는다는 듯 물러나기 시작했다.

제대로 한 방 먹였으니, 더 전장을 지속할 생각 따위는 이미 없는 듯했다.

폭발에 의한 충격으로 그 누구도 물러나는 사혈련 무사를 쫓는 자들이 없었다. 관언조차도 자신의 수하였던 자들의 시체를 바라보며 멀거니 서있을 뿐이었다.

그리고 이내.

"우와아아아아아! 사군창!"

분노 그 자체가 되어 홀로 사혈련 무사들의 뒤를 쫓기 시작하는 관언이다. 그 누구도 잡아채지 못할 만큼 빠른 속도였다.

퍼어어억.

전귀의 한방에 죽은 수하에 대한 한이 담겨 있었다.

퍼억.

사선으로 그어지며 머리 통째로 으깨버리는 그의 권에는 련에 대한 원한이 담겨 있었다.

퍽. 퍼어어억.

슬프기까지 한 그의 주먹 하나, 하나에 죽은 자들을 위한 진혼곡이 있었다.

그만의 방식으로 사혈련 무사들을 격살하기 시작하는 관언이었다. 허나 그의 진혼곡에도 결국 끝이 있을 수밖에는 없는가.

"그만하시지요."

상황을 보다 못한 사군창 조준이 등장하여 관언의 앞을 막아섰다.

적이라 하더라도 존중하였던 자다. 관언으로서는 잠시지만 몸을 멈추었다. 그러다 이내 살기를 내뿜으며 다가서며 말했다.

"지금 그만, 그만이라고 했는가?"

"그렇소이다."

"하. 전장에도 도가 있는 법이다!"

"죽이고 죽이면 될 뿐. 그 수단이 무엇이든 상관은 없소."

조준의 말은 단호한 말이었다. 사파의 중심인 사혈련 가운데에서도 군자라 불리던 그였다.

그런 그가 금기를 어기고도 부끄러워하는 기색이 없었다. 무엇이 그를 이렇게 만들었을까.

"변했구나! 변했어!"

"그때의 일이 있고부터는 변할 수밖에 없었소이다."

"그렇더라도 무림맹에 도움을 청했었다면!"

과거의 역린을 건드린 것일까? 대체 무슨 과거가 있기에 침착하기만 하던 조준의 인상이 구겨진 것일까.

그가 씹어 내뱉듯 관언에게 외쳤다.

"청하면? 청하면 무엇이 달라진단 말이오!"

콰아아아앙!

다시 폭약이라도 터진 것인가? 아니다!

관언의 권과 조준의 창이 부딪쳐 난 폭음이었다. 인간의 피륙이 창과 부딪쳐 견뎌낸 것이다.

"후회는!"

조준의 창이 아래로 선을 그린다. 한인가?

"후읍. 한 번이면……."

그에게는 또 무슨 사연이 있기에 이리도 구슬픈 창술을 펼치는 것일까.

콰아아앙!

마지막은 폭음이었다. 그의 무언가가 담긴 폭음. 관언으로서도 전력을 다하지 못하게 만드는 그 무언가였다.

"족하오이다! 정파의 허울 좋았던 양가는 이미 사라졌으니! 물러서시오! 오늘은 날이 아니오이다!"

조준의 사연에 관언마저도 관여가 돼 있는 것인가? 아니면 정파의 정신을 아직까지도 지키고 있는 그이기에 안타까워하는 것일까?

촤르르륵.

어느 쪽이든 관언은 더 손을 쓸 수 없다는 듯, 그 특유의 갑옷을 추스르며 멈춰 설 따름이었다.

그의 표정은 악귀 어린 전귀의 표정이 아닌, 무언가를 후회하는 자의 회한 어린 표정이었다.

관언이 돌아서서 가는 사군창에게 읊조리듯 말하였다.

"……이것으로 우리 사이에 빚은 없네."

그에 반응한 것일까. 사군창이 뒤를 돌아본다. 그 또한 무언가 묘한 눈빛을 하고 있었다.

"빚이 있었소이까? 다음은 끝이 있기를……."

"……."

무림맹은 사혈련에게, 사혈련은 무림맹에게 서로 한 방씩을 먹였던 이틀간의 전장이 막이 내렸다.

짧았으나 양쪽 둘 다에게 피해가 크기만 한 전쟁이었다.

또한, 사혈련으로서는 운남의 부녕현 어귀라도 확보할 수 있었던 상징적인 승리의 전장이기도 했다.

*　　*　　*

지난 시간 동안 운남에서 벌어진 일을 모두 지켜보았던 왕정이다.

많은 것들을 보고 배우고, 느꼈지만 가장 인상 깊었던 때를 꼽으라고 한다면 바로 오늘을 말하리라.

"사군창이라는 자가 사용하는 무공이 본래 정파의 것이라고 했죠?"

—그러하다. 그 창법을 잊을 리는 없으니까. 쾌와 중을 조화해 낸 괴물 같은 창술이었지.

빠름과 무거움을 함께 담을 수도 있는 것인가. 그걸 조화롭게 하는 것이 가능한 것인가. 양가는 그걸 가능하게 한 듯했다.

하기야 그렇기에 오대세가에 견줄 수 있는 가문이었을 지도 모른다.

"제가 제갈혜미 소저에게 듣기로…… 창법으로 유명한 양가라는 곳은 없었단 말이죠. 분명."

—그래서 이 할애비도 멸문을 했다 여겼다.

"분명 무슨 사연이 있는 거 같기는 하네요. 생각 이상의 무언가가 있기는 해요."

—흐음…… 그렇겠지. 허나 그런 사연이 우리와 상관이 있는 건 아니지 않느냐?

"……예. 그렇긴 한데 말이죠."

분명 상관이 없어야만 했다. 하지만 언젠가 그와 마주할 것이라는 예감이 드는 이유는 무엇일까.

뭔가 그와는 알지 못할 인연이 있을 듯한 느낌이었다.

—문제가 있느냐?

"묘한 느낌이 있어서요. 흐음…… 뭐 됐어요. 어쨌거나 여기일은 끝난 듯하니 저도 슬슬 움직여야죠."

여전히 운남에 있기는 할 것이다.

허나 이제는 사람들이 있는 운남의 중심이 아닌, 사람보다도 독을 가진 생물이 더욱 많은 곳으로 움직여야 하리라.

처음부터 그의 목적은 운남을 돕는 것이 아닌, 독존황의 고향이나 다름없는 독곡을 향해 가는 것이었으니까.

"가더라도 분명 배척받는다 했죠?"

—본래부터 독곡이 다른 이들을 받아들일 줄 모르긴 하다.

독인이 아니고서야 떠나간 자는 챙기지도 않을 정도다.

"떠나간 자들도 있었어요?"

—있기야…… 했다. 전혀 다른 길을 걸은 자들이지. 너도 보았었기도 했고.

자신이 본 자들 중에 독곡의 출신이 있었다니?

금시초문인 일이다. 자신이 겪었던 자들 중에 독을 다루는 자들이라고 해봐야 사천 당가밖에 더 있는가.

"설마 사천당가는 아니죠?"

—허허…… 오랜 역사 중에는 그들과도 인연이 있긴 했다고 하더구나. 허나 이미 너무 오래 전의 일이긴 하다.

설마가 사람 잡는다더니! 독곡이 당가와 인연이 있긴 있었던 것인가?

'하기야 무림에서도 독을 다룬다는 자들이 그리 많은 것은 아니니까…….'

되려 아주 인연이 없었더라면 그게 더 이상한 일일지도 모르겠다. 어쩌면 당연한 인연이었을지도 모르는 것이다.

하지만 이제 와서야 전혀 상관없는 인연이기도 했다. 그들에게 있는 원한은 그런 오랜 인연 따위야 이미 씹어 삼켜버릴 정도니까.

"괜히 기분만 더 나빠지네요."

—그렇더냐. 그럴까 봐 이야기를 하지 않았단다.

일부러 이야기를 하지 않은 건가?

“근데 왜 지금 와서 하는 건데요?”

—네가 성장을 하지 않았더냐. 알려줘도 문제는 없을 거라 여긴 것이다.

“성장이라…… 뭐. 다른 건 다 떠나서 성장이란 말 하나는 좋네요. 후후.”

—녀석도. 후후. 이제 들어가자꾸나.

“예!”

그의 발걸음이 운남의 저 먼 서쪽으로 향하고 있었다. 목표는 독곡의 어귀. 독존황만이 알고 있다는 비처였다.

第五章

독곡으로

독곡(毒谷).

항상 신비에 싸여 있는 그 이름은 보통 사람이면 감히 다가가기 힘든 독지이자, 그곳에 있는 자들을 일컫는 명칭이다.

독에 관해서만큼은 당가 그 이상이라고도 불리는 곳이 바로 독곡이다.

허나 그들이 문파인지, 아니면 독지에 사는 사람들의 모임인지는 중원인 누구도 알지 못했다.

다만 독곡에서 나온 자들이 자신들은 독곡의 출신이며 또한 독인이라고 밝혔었기에 독곡이란 명칭을 알고 있을 뿐이다.

그만큼 그들에 대한 정보는 제한되어 있었다.

그것이 언덕인지, 단순히 독들만이 존재하는 곳인지, 그 어떠한 곳인지는 그 누구도 몰랐다.

다만 그곳의 출신들만이 알 따름이었다.

허나 독존황은 그곳의 출신이지 않은가. 다른 이들은 몰라도 그만큼은 독곡에 대해서 가장 잘 아는 것이 당연했다.

그런데 답은 의외였으니.

"그런데도 할아버지도 독곡에 대해서는 확실히 알기 힘들다고요?"

—비처는 여전히 알고 있다. 그곳은 오롯이 이 할애비만을 위한 공간 중에 하나였으니까. 진이 있으니 그곳만은 변하지 않았을 게다.

"그런데 왜 다른 곳은 몰라요?"

독곡의 출신이라 말한 독존황이다. 그런데 그조차도 독곡에 대해서 모든 것을 알지 못한다 말했다.

—한족이 아니더라도 많은 부족의 사람들이 사는 곳이 독곡이다. 독곡이라 뭉쳐 있으나 문파와 같은 곳만 해도 여럿이기도 했지.

"흐음…… 그러니까 일종의…… 하나의 지역이라는 거군요?"

독이 많을 뿐, 사람 사는 것은 다 똑같은 건가? 뭔가 묘하다는 생각을 하면서도 이해를 구하는 왕정이다.

—그래. 이해가 빠르구나. 결국은 독지에 사는 자들을 일컬어 독곡이라 하는 것뿐이다.

"하나의 문파가 아닌 부분에서 어렵게 느껴지네요."

독존황이 독곡의 출신이지 않은가. 그저 독곡에만 가게 되면 환대는 못 받더라도 내쳐지지는 않을 것이라 생각했다.

독존황을 밝히지 않더라도 독곡의 무공을 익혔으니 그를 빌미로 독곡과 인연이 있음을 내세우려 했던 것이다.

'먹히지도 않겠는데…….'

문제는 그런 그의 예상을 완전히 확 깬 현실이다.

독곡이 하나가 아닌 여럿으로서 있다는 말은, 독존황을 배출한 문파가 없을 수도 있다는 뜻이다.

아니, 있다 하더라도 독존황이 예상치 못할 정도로 변했을 수도 있었다.

—어쩔 수 없음이다. 독곡이 있는 곳 자체가 워낙 변화무쌍하니…… 시일이 지나면 변할 수밖에. 그러니 독곡의 독인들이 강한 것이기도 하다.

"예측할 수 없는 독곡에서 살아남은 것이니까요?"

—그러하다. 동시에 언제나 중원에 진출할 탐색자가 독

인이기도 하였지.

독인이 곧 탐색자라.

그냥 나와서 살면 되는 것이 아니었던가? 독곡의 사람들은 중원을 지배라도 할 생각이었던가. 참으로 알지 못할 사람들이다.

왕정이 혼란을 느끼고 있으려니 독존황이 허허롭게 웃으며 말했다.

—복잡하게 생가하지 말거라. 중원에 있는 자들의 가치관과 독곡 사람들의 가치관이 다를 뿐이다.

"……적응하려면 꽤나 어렵겠네요."

—그러니 비처에서부터 가는 것이 좋겠지. 그곳에서부터 독곡에 적응을 시작하고 사람을 보는 것이 낫다 생각하지 않느냐?

독존황의 말은 독곡에 대뜸 엉덩이부터 들이밀 수가 없으니 차분히 적응을 하라는 말과 다름없었다.

"칫…… 좋다 말았네요."

오랜 도주 생활에, 사람들과 부대끼며 살아 보지 못한지가 벌써 몇 달이 되지 않았던가.

사람과의 온기를 느끼지 못한 전이라면 모를까, 지금에 이르러서는 사람 사이에서 부대끼는 것의 행복을 아는 왕정이다.

그렇기에 독존황의 고향인 독곡에 오기만 하면 그런 온기를 조금이나마 느낄 수 있을 거라 기대했던 왕정이다.

그런데 결과가 무언가?

당장에 살을 부비고 살기는커녕, 독곡이 어떻게 돌아가는지 탐색부터 해야 할 판이었다.

"어째 저는 어디서나 쉽게 사는 법이 없네요?"

—허허…… 팔자려니 하거라.

"칫. 그놈의 팔자 한번 사납네요. 어쨌거나 어서 들어가자고요."

어쩌겠는가. 본래부터 쉽게 살아 온 인생은 아닌 자신이다.

어렵다고 해서 주저앉아 있을 수만은 없으니 적응부터 하는 것이 옳았다. 우선은 독지에서부터 적응하면……

언젠가는 독지의 사람들과 부비며 살 수 있지 않겠는가?

"어서 진 들어가는 법부터 알려달라구요."

—허허. 알았다. 처음 일 보는……

과연 그리 될 지는 아직 하늘만이 알 일이나, 희망을 품으며 진을 뚫고 나아가는 왕정이었다.

*　　*　　*

독곡에는 두 부족이 살았다. 아니, 부족이라고 하기보다는 인종이라고 하는 것이 맞을까.

독곡의 육 할 정도를 구성하고 있는 자들은 바로 한족이다. 중원과 마찬가지로 이곳에도 한족이 많은 것이다.

다음 사 할을 차지하고 있는 자들은 운족이라고 불리는 자들이었다.

사실 외모만 놓고 보면 살이 조금 검은 것을 제외하고는 한족과 별달리 차이가 없는 자들이 바로 운족이다.

허나 외모가 아닌 좀 더 안으로 파고 들어가면 그들만큼 독곡에 특화된 자들도 또 없었다.

한족이 이곳에 정착을 하기 이전에서부터 이곳 독곡을 지키고 있던 그들은 독에 대한 내성이 탁월했다.

어린아이라고 할지라도 어지간한 독은 내성으로 방어해 낼 정도라면 믿을 수 있겠는가?

타고남이 한족과는 차원이 달랐다. 덕분에 그들은 많은 수가 있지 않음에도 독곡 내부에서 적응을 해 낼 수 있었던 것이다.

헌데 여기에서부터 모순적인 일이 발생했다.

"독 따위…… 정복하면 될 뿐이다."

운족의 누군가가 말한 바대로 그들은 독 자체를 무시하는 자들이 다수였다. 타고난 내성이 강하니 독을 강하게 치부하지 않은 것이다.

때문에 그들은 독곡에 있는 독물들을 활용하기보다는 정복하는 쪽을 택했다.

그들은 독에 대한 내성보다는 좀 더 강한 육체를 원하였다. 이 또한 독물을 정복하기 위함이었다.

"강인한 육체. 그것이면 독곡을 지배할 수 있는 터."

그것이 운족의 대다수가 신봉하는 바였다. 물론 그들 중에 일부는 독을 활용하려 하는 자들도 있었다.

허나 다수는 독에 대한 정복을 추구하였을 따름!

되려 독에 적응을 해 나가려 독을 활용하기 시작한 자들은 외부에서 들어 온 한족들이 다수였다.

독에 대한 집념. 혹은 사연이 있어 독곡에까지 흘러들어 온 한족들.

독에 대한 내성이 운족만큼은 있지 못한 그들은 살아남기 위해서라도 어떻게든 독에 적응을 해야 했다.

살아남기 위한 숙명이 되어버린 셈이다.

처음 그들은 끊임없이 죽어나갔다. 외부인에 대한 도움을 줄 필요가 없다 여긴 운족의 방침에 의해 도움조차도 받을 수 없었던 그들.

"……제길."

한 끼를 해결하기 위해서 먹었던 음식 하나에 사람들이

죽어나갔다. 끊임없이 죽고 또 죽어나갔던 그들.

"……따라라도 해보자."

운족은 도움을 주지는 않되 방해는 하지 않았다. 자신들이 먹는 것을 따라 하는 것 정도는 묵인했다.

허나 그렇다고 하더라도 운족과 한족의 차이는 어쩔 수 없었다.

"……어째서!"

운족은 주식으로 먹는 것 또한 그들에게는 독이었다. 그들로서는 적응이 곧 생존의 과정이었다.

매일을 쓰러져 갔다. 또 누군가는 그 가운데에서도 적응을 해 나갔다.

"독공을 함께 익히자."

"독공을 익히면 살 수 있는 겁니까?"

"해 봐야겠지."

모두가 독공을 익히기 시작했다. 그 가운데에서 누군가는 제대로 독공을 익혀 살아남았다.

또 누군가는.

"독에 대한 적응보다는, 독 그 자체를 다루리라."

환경에 대한 적응보다는 독에 대한 정복을 원했다.

육체의 강건함을 통해서 독을 내리누르는 운족의 방식과는 또 다르게 독공으로써 독을 익히려 했던 자들이 있었던 것이다.

한족 가운데에서도 계열이 나뉜 셈이다.

그러나 처음 계열이 나뉘었다고 해서 서로 다투지는 않았다. 혹독함 그 자체인 독곡에서 다투어 보았자 죽음밖에 남지 않음을 알기 때문이리라.

묘족이고 한족이고 할 것 없이 각자 다른 길을 걸으며 발전해 나가는 상황이 점차 그려져 나갔다.

그 가운데에서도 일부는 적응조차 하지 못하고 독곡을 다시 떠나갔지만, 끝내 살아남은 자들은 독곡 그 자체에 적응을 해낸 독인들이 되어 갔다.

"이것이 독곡의 첫 역사입니다. 아시겠지요?"

늙은 노인은 어린 듯 성숙한 듯 묘한 외모를 가지고 있는 소녀에게 인자한 얼굴을 하고 설명을 해 주었다.

허나 소녀로서는 뾰로통한 표정만 할 뿐이었다.

"그래 봐야…… 지금은 다 흩어진 거나 다름없잖아? 우리 일독지문도 이제는 다 스러져 가고 말이지."

"허허. 그래도 네 개의 세력 중에 하나입니다."

일독지문, 독막, 사혼방, 녹균.

독곡에 있는 네 개의 문파들의 이름이다. 그들은 독곡에 역사에 근거한 각각의 특징을 가지고 있었다.

일독지문과 독막은 독에 대한 집중을 하고 있으며, 녹균은 육체 그 자체를 중요시 여기는 문파다.

사혼방의 경우에는 좀 특이한데, 운족의 도술과 한족의 몇몇 도술이 합일된 특유의 사술을 사용하는 곳이다.

전승되는 인원도 적은 데다가 워낙에 비밀스러운 곳이 사혼방이기도 했다.

허나 수는 가장 적어도 가진 바 힘이 강한 편이기에 남은 세 개의 세력을 중재해 주는 중립의 세력이기도 했다.

그중에서도 소녀는 일독지문의 몇 안 되는 아이였다.

얼마 되지 않는 운족과 한족의 혼혈로 양쪽 모두의 특기를 가진 아이이니 더 말할 필요가 있겠는가.

그만큼 귀한 소녀였던 셈이다. 지금은 비어 있는 일독지문 문주의 자리에 언젠가 오를 아이이기도 했다.

"핏. 그래도 이제는 버티기도 막막한걸. 한 노야가 있기는 해도……."

몇 안 되는 장로이자, 가장 강한 실력자라 할 수 있는 그가 언제고 세상을 떠나게 되면 그때부터는 일독지문도 위기에 처할 것이다.

일독지문의 최고위 무공을 잃고 나서부터는 항상 이 상태였다.

"허허. 그래서 사혼방에 의뢰를 넣었던 것 아닙니까?"

"말도 안 되는 주술이었지! 그래 봐야 그분이 살아 돌아

올 수 있을 리가 없잖아? 벌써 몇백 년도 전의 분이라고."

"중원식대로 말하면 우화등선하셨을지도 모를 일 아닙니까?"

"흥. 난 그런 거 안 믿어. 차라리 새로운 무공을 창안하는 것이 더 옳은 길이었을 거라니까?"

무공이 약한 문파는 살아남기 힘들다. 특히나 독곡과 같이 강한 독물들이 날뛰는 곳에서는 더더욱 힘든 것이 당연했다.

그나마 지금껏 일독지문이 버틸 수 있었던 것도 그 이전에 쌓아 놓은 기반이 워낙 탄탄해서이리라.

허나 그렇다 해도 일독지문이 네 개의 문파 중에 가장 약한 것이 현실이었다.

한 노야 또한 그것을 알기에 감히 소녀의 말에 더 반박을 할 수가 없었다. 어쩌면 소녀의 말대로 현실을 인정해야 할지도 몰랐다.

그러나 노인이라는 것은 때로 젊은이들은 알지 못할 고집을 부리는 법이 아닌가. 그는 그의 자리에서 할 도리를 할 따름이었다.

이미 사라진 문주의 유언과도 같은 말을 노야는 지켜야만 했다.

"수련을 해야 할 시간입니다."

"그래봐야…… 기초."

"허어. 또 이 노야의 속을 썩이시려는 겁니까?"

"핏…… 알았다구!"

"곧 시험에 들 때이시지 않습니까? 그 전에 최대한 강해지셔야지요."

"죽는 시험이겠지……."

"허허……."

"됐어. 수련이나 하자구."

그녀를 보듬는 것. 그녀가 장성할 때까지 지켜주는 것. 그것이 노야에게 마지막 남은 임무이자 소원이었다.

*　　*　　*

"에…… 뭐 처음부터 다시 하는 건 중원이나 여기나 같네요."

—허허…… 의외로 보존이 되지 않았구나. 전 같지가 않아.

진을 뚫고 들어간 그곳에는 오직 초목(草木)만 무성할 따름이었다. 사람 사는 인기척은커녕 그 흔적마저도 없었다.

근래에 진을 뚫고 들어 온 자가 없었다는 말과 다름이 없으리라.

"근데 여기에 대마다 사람이 하나씩은 온다고 하지 않았어요?"

이곳이 오롯이 독존황을 위한 공간이기는 하나, 때때로 사람이 찾기는 한다고 하였다. 한 대에 한 번 정도랄까.

그런데 그런 것치고는 너무 초목만 우거졌다.

—음…… 그 시기가 꽤 오래 지났겠지.

"그래도 사람 머물 곳 하나 없다니…… 정말 말도 안 되네요."

—허허. 우선 집부터 짓자구나.

하루 이틀 집을 지어 봤는가.

이미 이 정도의 일이야 이골이 난 지 오래다. 얼마 되지 않아 왕정은 자신이 살 곳을 지을 수 있었다.

머무를 곳을 만드는 것은 금방이나 그렇다고 모두 끝은 아니지 않은가.

비록 진의 안이라고 하더라도 그 규모가 꽤 되었기에 왕정은 열심히 주변을 살피었다. 머무를 곳이니 신경을 쓰며 정찰을 하고 있는 셈이다.

"여긴 정말 독지 그 자체네요…… 뭐 이런 곳에서 사람이 살 수가 있기는 한지……."

—달리 독곡이 강한 것이 아니니라. 이런 곳에서 버티었

으니 독곡인 것이지.

이곳의 진은 초목은 당연하고 인간을 제외한 다른 생물들은 막지 않는 듯했다. 독물들이 마음껏 뛰노는 것이 그 증거다.

덕분에 사냥을 할 수고를 조금은 던 왕정이긴 하다.

'만약 내가 독공을 안 익혔으면…… 여긴 완전히 지옥이나 다름없겠군.'

어딜 봐도 독물, 독물, 독물이다.

자신이 만든 인공적인 독지가 여기는 천연적으로 생성이 돼 있었다. 독공을 익힌 자에게는 천국이나 독공이 없는 자에게는 지옥인 곳이 바로 여기였다.

"미쳤네요. 미쳤어. 흐음…… 그래도 독공 익히는 데는 좋겠네요. 독의 종류도 늘릴 수 있을 거구요."

―아무렴. 여기서만 힘을 제대로 쌓아도 네가 원하는 일을 하는 데는 충분할 게다.

"으음…… 대신에 꽤나 외롭겠지요."

사람 하나 없는 곳이지 않은가. 수련에는 최적화된 곳이기는 해도 외롭기는 할 것이 분명했다.

'그래도…… 우선은 힘을 쌓는 것부터가 우선이니까 수련부터 해야겠지.'

독곡에서의 수련이 본격적으로 시작되었다.

*　*　*

왕정이 발전을 하기 위해서 차분히 나아가는 동안 사혈련과 무림맹의 일이 마무리가 되어가고 있었다.

일부 어귀를 빼앗겼다고는 하나, 처음 패전만을 머리에 그리던 점창으로서는 그럭저럭 버텨낸 셈이었다.

또한 그들로서는 전혀 생각지도 못한 우군을 얻기도 했다.

아미파가 그 주인공이다. 아무도 오지 않을 거라 생각했건만 아미만큼은 점창을 돕기 위해서 와주었다.

아무런 득도 생각지 않은 숭고한 지원이었다.

그렇기에 점창의 무인들은 하나같이 말했다.

"이곳 점창! 아미파에 무슨 일이 생긴다면 언제고 달려갈 것이오!"

점창의 문주이자 현천지검이라고도 불리는 이운룡조차도 장담을 했을 정도였다.

이 순간만큼은 무림맹 내의 정치를 떠나 순수한 의미에서 서로 간에 화합을 다지고 있었다.

"해야 할 일을 했을 따름입니다. 도리였지요."

"그 도리조차도 하지 못하는 곳이 많지 않소이까. 이 은

혜 결코 잊지 않겠소이다."

"……감사히 받아들이겠습니다."

빠름과 실전을 추구하다 보니 때로 무공이 사특하다는 말도 듣곤 하는 점창이다. 게다가 때때로 등장하는 독인에 의해 피해를 입기도 하는 입장이다.

그때마다 점창은 구파일방에 속해 있으면서도 소외감을 느낄 수밖에 없었다.

분명 정의를 부르짖어 모인 문파이자 무림맹에 속해 있음에도 종종 무시를 당하기도 하는 형편이었으니 그들의 소외감도 당연한 이야기였다.

그런 상황에서 아미파의 도움은 생각지도 못한 단비였다.

전서구를 날리면서도 오지 않을 거라 여겼던 지원군이 와 준 것이다.

무림맹도 와주기는 하였으나, 그 기간을 생각하면 자연스레 아미파에게 호감이 갈 수밖에 없었다.

'당가나 청성과 가까이 할 필요가 없었어. 진주는 따로 있었거늘…….'

거기에 더해 지금에 와서는 무림맹의 핵심에 들기 위해서 점창과 당가에 협조를 하였던 그 모든 게 후회가 될 정도였다.

왕정을 공적으로 몰 당시 찬성을 하고, 천라지망에까지 도움을 주었건만 남은 것은 위기시의 외면이기 때문.

'처음부터 다시 쌓아야겠어.'

점창의 문주는 아미파와 협력을 공고히 하는 것에서부터가 점창의 새로운 시작이 될 것이라 여겼다.

아미의 정민 사태와 점창의 문주가 서로를 마주하고 협력을 다지는 동안 가만 상황을 바라보던 관언이 허허롭게 웃었다.

"좋군요. 이 모습이 진정 정파 무인들로서의 귀감이 되겠지요."

무슨 일이 있었는지 몰라도, 관언은 마지막 혈투가 있고 나서부터는 침묵만을 유지해 왔었다.

그런 그가 허허롭게 웃으며 말하니, 문주와 사태로서도 그에게 집중을 할 수밖에 없었다.

"허허. 그리 생각을 해주시는 겁니까?"

"아무렴요. 보기 좋습니다."

"관철성께서 도와주신 것은 내 잊지 않겠소이다! 언제든 일이 있으시면 부르시지요."

분명 점창의 장문인은 무림맹의 도움이 아닌 관철성 관언의 도움이라 말했다.

이번 도움을 무림맹이 아닌 관언의 도움으로 선을 그어

버린 것이다. 다분히 정치적이나 또한 전에 없던 모습이기도 했다.

당문과 청성과 함께하던 점창은 이제 없다는 내심을 대외적으로 발표한 것이나 다름이 없는 것이다.

"……저 또한 언제든 함께하겠습니다."

그 말을 알아들은 관철성이기에 그 또한 답을 해 주었다.

답은 허(許). 정치적으로 혹은 같은 정파인으로서 점창과 함께 하겠다며 힘을 실어 준 것이다.

무림맹의 수뇌로 있으면서, 많은 실망을 하였던 관철성으로서도 새로운 노선을 형성하려는 점창의 모습이 기꺼웠으리라.

'그 아이가 공적이 되기 전에만 이리 되었어도…… 큰 도움이 되었을 것을…….'

지금서도 왕정에 대한 안타까움을 가슴에 담고 있던 관언이었다. 아미와 점창이 도왔더라면 왕정은 공적이 되지 않았을지도 모르겠다.

"허허. 우군은 가까이에 있는 것이거늘…… 이 몸이 모자라서 이제야 깨달았습니다."

"잘 부탁드리겠습니다. 이(利)가 아닌 도(道)로서 함께 하기를 바랍니다."

"물론입니다. 우선은…… 이 수습부터 이야기를 해볼까

요? 비적이라는 자부터…… 정리해야 할 일이 많습니다."

정파, 무림맹의 판이 다시 짜여지고 있었다. 그동안의 모든 판이 재편되는 역사가 점창에서 이뤄져 가고 있었다.

전과 다름없는 정치적 모임이 만들어지는 것인지, 그도 아니면 오랫동안 썩어가던 정파가 과연 이를 시작으로 정신을 차릴지는 두고 보아야 할 일이었다.

* * *

무림맹 내부에서만 그 변화가 일어나는 것은 아니었다.

무림맹이 변화하기 이전, 정파 그 자체가 썩어가는 그 상황에 환멸을 느껴 나온 자들은 결코 소수가 아니었다.

왕정과 함께 하던 파견 나온 무사들을 주축으로 하여 하급의 무사들 대다수는 무림맹에 환멸을 느끼고 있었다.

"먹고 살자고…… 하는 거겠지. 더는 정의가 아닐지도."

무림맹, 나아가서는 무림을 수호하기 위해서 힘을 쏟고 있다 말하던 그들의 자부심은 사라져 간 지 오래다.

이미 오래전부터, 실력이 있어도 연줄을 잡지 못하면 상위의 무사가 되지 못하는 자들이 다수였다.

공적을 세운다고 하더라도 연줄을 가진 상급자들에 의해서 빼앗기는 것이 관례가 된 지도 오래였다.

다만 작금의 상황이 이렇다 하더라도 무림맹의 수뇌만큼은 다르다는 희망을 가지고 있었던 그들이다.

"그분들이 이번 무림맹 회의에서 고쳐 주기만 하면 돼."

"맞아. 우리가 이번에 승격을 못한 건…… 중간이 문제기 때문이라고."

무림맹의 정점. 그들만큼은 썩지 않았을 거라 여겼다. 그것이 하급 무사들로서는 마지막 희망이나 다름없었으니까.

허나 왕정이 공적으로 선포되던 그 날.

"……썩었군."

그들은 결국 현실을 인정했다. 아니, 벌써 왕정이 사라진지 일 년이 다 되어 가는 기간 동안 더더욱 썩어 갔을 것이다.

이제 하급 무사들은 무림맹의 대한 자부심은 잃은 지 오래일뿐더러 삶에 치여 근근이 버티고 있을 따름이었다.

허나 그중에서도 그 현실에의 안주조차 인정하지 못하는 자들이 있는 것은 당연한 일이 아니겠는가.

"진짜 가는 거야?"

"그래. 우리 같은 놈들도 모일 만한 곳이 있다고 하더군."

하급 무사들 사이에서 조금씩 떠도는 소문이 있다.

정파를 위하여 무림맹의 안이 아닌 밖에서 모이는 자들

이 있다는 소문이 돌고 있는 것이다.

비록 무림맹보다는 못 할지라도, 아직 제대로 모습을 드러내지는 못했다 하더라도 그 정신만큼은 고매한 자들이 있다 했다.

무림맹 수뇌들조차도 꿈에도 모를, 아니 알더라도 무시할 그런 곳이 하급 무사들 사이에서는 쉬이 소문이 나고 있었다.

"……소문이 사실이었던 건가?"

"반쯤은…… 사실인 거 같더라고. 그리고 어차피 무림맹에 더 있을 필요도 없으니까."

"후우. 좋아. 나도 같이 가지. 동료가 고생길에 뛰어드는데 나라고 있을 수는 없잖냐."

"하. 그래. 가보자고."

끈끈함. 정파에 대한 희망. 정파에 일익을 담당하고 있다는 자부심만으로 버텨 왔던 하급 무사들이 떠나기 시작했다.

정의방 의원 아칠과 하급 무사 이완이 무림맹을 떠날 때에도 버티고 있던 자들도 결국 움직이기 시작한 것이다.

그들이 어렵사리 수소문을 하며 움직여서 도착한 곳. 그곳에는……

"잘 오셨습니다."

무림에서 흑무라고 불렸던 자. 정우가 다른 무인들과 함께 그들을 기다리고 있었다.

第六章

상서로운 점괘

수련의 목표는 두 가지다.

하나는 이곳에 있는 독들을 최대한 흡수하여 독의 종류를 늘리는 것이다. 더불어 내공도 늘어나겠지만 중요한 건 종류다.

좀 더 많은 수의 독을 사용할 수 있어야만 좀 더 많은 연독기공의 공능을 불어 일으킬 수 있기 때문이다.

그 다음으로 수련에 중점을 두고자 하는 것이 바로 독존황에 대한 것이다.

"과연 제가 노력한다고 해서 될지 안 될지는 모르겠지만…… 어쨌든 해봐야겠죠?"

—그때처럼만 움직일 수 있게 한다면 큰 도움이 될 것이 분명하다.

하운성과의 대결에서 보여주었던 한 수.

그 한 수를 독존황이 필요할 때마다 왕정을 통해서 사용할 수 있게 되면 어찌 될까?

생전의 독존황만큼은 못 해도 분명 지금의 경지를 뛰어 넘는 실력을 보여줄 수 있을 것이 분명하다.

설사 그런 한 수가 아니어도 효용성은 많았다.

—네가 초식을 수련할 때 직접 봐주지 못해서 보이는 허점들도 바로 잡아 줄 수 있을 것이니라.

"음? 저 이래 봬도 절정은 넘었는데…… 아직도 초식에 부족한 건가요?"

—권법에 그리 열심히는 아니었잖느냐. 고쳐야 할 것도 많고, 더 나아가야 할 부분도 많다.

독존황은 살아생전에 독공과 함께 권법도 사용했다 들었다.

그에 비해 왕정은 독공이 더 우선이었다. 아니 권법 자체를 잘 활용하지 않는다고도 할 수 있었다.

이는 독존황으로부터 무공을 배웠기 때문.

스승의 중요성이라는 것은 초식과 같은 기초를 잡아주는 것에도 그 이유가 있었다. 헌데 독존황은 영혼이지 않은가.

아무리 열심히 초식의 형을 잡아주었다고 해도 부족한 점이 전혀 없지만은 않았다. 게다가 독존황의 경지가 결코 낮지만은 않았으니……

—아마 네가 무초식의 경지에 오르기 전까지는, 이 할애비가 볼 때는 하수일 수밖에 없다.

"으으…… 할아버지가 괴물인 거지요!"

고수가 하수를 보면 지적할 점이 넘치듯, 아직까지는 왕정의 경지가 독존황보다는 낮았다. 그러니 허점이 한두 군데이겠는가?

허점이 보이지 않으면 그게 더 이상한 일이었다.

그러나 독존황이 직접 왕정의 몸을 움직일 수 있게 되고, 수련에 도움을 줄 수만 있다면!

왕정은 생각보다 쉬이 한 걸음 더 나아갈 수 있을지도 몰랐다.

—허허. 억울하면 경지가 오르면 되지 않겠느냐?

"그거야 말이 쉽죠. 생각해보라고요. 저는 경지 오를 때마다 죽을 고비를 넘겼다니까요? 으으."

이리저리 때를 쓰면서도 수련은 열심히인 왕정이었다.

* * *

시간은 쉼 없이 흘러가니 사람들이 변화하는 것은 당연한 일이었다.

제갈가의 보물이라 할 수 있는 제갈혜미는 천라지망의 사건 이후로 오직 침묵만을 지키고서 있었다.

그녀가 신경 쓰는 것이라고는 오직 바깥에서 들려오는 무림의 소식밖에는 없었다.

제갈운이 보기에 그녀가 바깥을 신경 쓰는 이유야 뻔했다. 왕정에 대한 소식이 혹시 없나 살피는 것이리라.

얼마 전 '비적'이라는 명호를 들었을 때에야 다행이라는 듯 잠시 웃음 지은 것이 그 증거였다.

'어떻게 해야 할까?'

그녀는 제갈가라는 곳에만 틀어박혀 있었으나, 세상을 읽어가며 앞으로에 대한 고민을 하고 있었다.

그리고는 이내 모든 것에 결정을 내렸다는 듯 그녀가 채비를 하기 시작했다.

"정말로 떠나갈 참이더냐?"

딸에 대한 사랑이 지극한 제갈운이 아니었던가.

특히나 근래에 들어서는 정상이라고 할 수 없었던 딸이었기에 더욱 신경을 쓰던 그였다. 딸이 무엇을 하는지 모를 리가 없었다.

짐을 꾸린다는 소식에 한달음에 달려와 물었건만, 제갈혜미는 듣지 못했다는 듯 여전히 짐을 꾸릴 따름이었다.

성질 급한 아버지였다면 그런 딸의 짐을 바닥에 내팽개치기라도 할 게다. 허나 제갈운은 그런 사람은 아니었다.

'혜미야…….'

다만 안타까운 눈을 하고는 딸아이를 바라볼 뿐이었다.

"그 아이는……."

누구를 지칭한 것인지 이미 깨달은 것일까? 아무런 말도 없이 짐만을 꾸리던 제갈혜미가 잠시 멈칫한다.

"아무래도 독곡에 간 것이라 판단하고 있다. 뻔한 것이겠지."

"독곡의 사람이었나요?"

"모를 일이다. 독인이 안 나온 지 꽤 오랜 시간이 지났으나 기록은 남아있는 터다."

이성의 제갈가가 기록을 남기지 않을 리가 없다. 그런 제갈가의 기록이라면 거의 정확할 터다.

"저 또한 살펴보았습니다. 백 년 이내의 독인들과는 전혀 다른 독공을 사용했지요."

"그래. 그래서 그가 독곡의 인물이라고는 생각지 않았다. 허나 백 년을 넘어서 좀 더 안으로 파고들면……."

"설마……."

백 년 이내의 독인들과는 전혀 다른 독공을 사용한다고 했다. 하지만 더 안으로 파고들면 뭔가 다르다는 말인가?

제갈혜미가 뚫어져라 제갈운을 바라보았다. 답을 해달라는 의미였다.

"그래. 수백 년을 더 파고 들어가서 나온 기록을 살펴보면 그와 비슷한 독공을 사용하던 독인이 있었더구나."

"……독곡과 연이 전혀 없지는 않았군요."

"그렇다. 그 아이가 있는 곳은 그러니…… 자연 독곡일 것이 십 중 십 할인 셈이다. 그럼에도 갈 것이냐?"

독곡은 위험한 곳이다. 가게 되면 생사를 걸고 움직여야 할 곳이 바로 독곡이었다.

'……가겠지.'

안타까운 일이나 제갈운이 보기에 제갈혜미는 그 위험한 독곡으로 갈 것이 분명했다.

어떤 이유든 이미 왕정에게 마음을 준 듯하니, 그녀는 위험을 무릅쓰고도 독곡을 향해 움직이리라.

허나 들려오는 대답은 전혀 다른 의외의 답이었다.

"아닙니다…… 지금 제가 갈 곳은 그곳이 아니더군요."

"보고 싶어 하지 않았느냐?"

때론 침묵이, 수백 마디의 말보다 깊은 뜻을 전해준다.

그녀의 길고 길었던 침묵은 자신을 두고 간 왕정에 대한 서운함과 동시에 그에 대한 그리움을 표현하고 있었다.

딸아이에게 관심을 가지는 제갈운이 그걸 모르는 것은 아닌 터.

그렇기에 딸아이가 독곡을 향해 움직일 것을 대비하여, 여러 해독단들을 미리 준비해왔을 정도다.

딸을 말리지 못하니 아비로서 최선을 다하려 미리 준비를 한 것이다. 그런데 그곳에 가지 않겠다니?

"보고 싶습니다. 눈을 감아도 보고 싶습니다. 무엇을 해도, 어딜 바라봐도, 오직 그의 생각뿐입니다. 집착이 아닌가 겁이 날 정도로요!"

"……그렇더냐."

아버지이게 딸의 마음을 모를 리가 없었다.

과연 집착이겠는가. 공적이 되어 어려운 그를, 외로움을 잘 타는 그를 보듬어 주지 못해 그리는 것일 게다.

"그래도 지금은 그에게 가야 할 때가 아닙니다."

"그럼 어디를 갈 것이냐?"

"후에 그와 함께 할 수 있다고 여겨지는 곳으로요."

여기까지만 말을 해도 충분히 이해를 할 수 있었다. 그녀가 움직일 곳은 뻔히 정해져 있었다.

"독지보다는 낫겠지만…… 그래도 힘들 것이다. 쉬운 곳만은 아닐 것이야."

"그래도 가야 합니다."

그녀는 단호했다.

어차피 독지에 가려는 것도 막지 못했던 아비가 바로 자신 아니었던가. 막을 수도 없을 것이다.

제갈운으로서는 차라리 덜 위험한 곳을 가니 다행이라고 할 수밖에 없었다.

그가 깊은 한숨을 내쉬며 말했다.

"후우…… 가거라. 그곳이 삿된 곳은 아니니 필요한 것이 무엇이든 지원을 해주마."

"……감사합니다. 그리고 죄송합니다."

그녀가 오랫동안 아비를 보지 못할 것이라는 듯 온 힘을 다해 절을 올린다. 딸로서, 아비에게 미안함을 가득 담은 몸짓이었다.

그렇게 그녀는 제갈세가를 떠났다.

*　*　*

사람이 별로 오지 않는 곳이어서인지 이곳의 동물들은 조심성이 별로 없었다.

왕정을 보고 대뜸 공격부터 할 정도인 걸 보면 되려 사람의 형체를 가진 자를 먹이로 여기는 듯했다.

자신을 향해 공격해 온 독물을 좋게 넘길 왕정은 아니잖는가.

으적으적.

그는 공격해 오는 독물들은 전부 음식을 해서 먹었다.

물론 생으로 먹지는 않았다. 독성은 연독기공으로 흡수해 버리고는 남은 것을 조리해서 먹는 것이다.

그도 사람이다 보니 거기까진 확실히 무리였으니까.

"음…… 근데 아무리 해도 맛은 더럽게 없네요. 그나마 암염이 있는 게 다행이려나요……."

—있을 건 다 있다. 본래부터 몇 년씩은 머물 수 있게 만든 것이니까.

"뭐 그건 그나마 좋네요."

생각보다 많은 암염. 동식물. 식수.

이러한 것들이 없었더라면 진 안에 있으면서 꽤 고생을 했으리라. 어쩌면 주기적으로 화전민촌을 찾아야 했을지도 모를 정도다.

"슬슬 움직여 볼까요."

—그러자꾸나.

그럭저럭 적응을 하는 것과 동시에 수련을 하는 왕정이었다.

이곳에 오면서부터 많은 발전을 한 터. 하루, 하루 그가 발전하는 것을 보면 괄목상대(刮目相對)라는 말이 딱 어울릴 정도다.

문제는 독공 자체는 발전해 나가는 가운데에서도 독존황과 관련된 것은 달리 진도가 나가지를 못한다는 것이다.

"음…… 아직도 움직이게 하는 게 힘들어요?"

—뭔가 감은 잡은 것 같기는 하다. 헌데…… 무언가에 턱 막힌 듯 움직일 수가 없구나.

"어렵네요."

전에 없이 허황되지만은 않은 상황이긴 하다. 독존황의 말마따나 '감'이란 것을 잡았다 했으니 말이다.

하지만 여전히 왕정의 몸을 독존황은 자신의 의지로 움직일 수가 없었다. 그나마 달라진 점이 있다면.

"근데 이거 계속 수련해도 될까요? 괜히 완전히 귀신이 되는 느낌이라고요."

—허허…… 이 할애비도 좋은 건지 나쁜 건지를 모르겠구나.

왕정의 몸을 움직일 수 없는 대신에, 잠시지만 왕정의 몸을 떠나는 것이 가능하게는 되었다.

전에는 무조건적으로 왕정의 몸에 머무르면서, 오감을 공유하기만 했다면, 이제는 조금 다른 양상이 된 것이다.

마치 끈끈하기만 했던 끈이 이제는 조금은 느슨해진 느낌이랄까?

그런 묘한 느낌이 생김과 동시에 굳이 오감의 공유를 마음대로 맺고 끊을 수가 있게 된 독존황이었다.

쉽게 말해 그가 원하기만 하면 하루 한 시진 정도는 함께 오감을 느끼는 것을 끊을 수가 있게 된 것이다.

'이러다가 정말 귀신이 돼서 훨훨 떠나시는 것은 아니겠지……'

독존황 말고는 달리 함께 하는 이도 없는 왕정으로서는, 그가 떠나는 것은 아닐까 걱정이 될 정도였다.

불안감 때문인지, 괜히 떼를 더 써보기도 하는 왕정이었다.

"에…… 이상하게 떠나는 것만 연구하기보다는…… 움직여 보시라고요."

—이 할애비도 매일같이 노력하고 있대두? 네 녀석 초식을 가르쳐주기 위해서라도 해낼 것이니 걱정 말거라.

"예. 그 뭐냐…… 빙의 이런 거라고 생각을 좀 해보고……"

—허허…… 빙의라.

이런 저런 방식으로 연구를 해 보고 있는 두 노손이었다.

*　　*　　*

일독지문의 한 노야는 여전히 소녀의 옆을 지키고 있었다.

'어찌해야 할꼬…….'

문파원들이 익힐 무공은 있지만, 문주만의 진신절기는 잃어버린 반쪽짜리나 다름없는 일독지문의 현 상태다.

문파의 경우에 힘의 상하는 최고 무공의 강함, 혹은 최고수의 강함으로 측정이 되곤 하지 않는가.

문주의 비전을 잃었다는 것만으로도 그 세가 줄어들 수밖에는 없었다.

전에는 일독지문이 독곡에 있는 최고의 문파였다면 이제는 그 반의반도 되지 못한 세가 되어버린 것이다.

그나마 일독지문이 대를 이어 갈 수 있었던 것은 문파원들만이 익히는 무공이나마 약하지만은 않은 덕분이리라.

허나 그것도 슬슬 한계에 봉착해 있었다.

더 강한 무공을 얻거나, 창안해 내지 못하는 한은 이대로면 일독지문도 독곡의 다른 문파들처럼 사라질 수도 있는 것이다.

"운 아씨. 이제 얼마 안 남았습니다. 전대의 문주께서는…… 시험에 드셨었죠. 아씨도 들기로 하셨고요."

"……죽을 길인 것을 알지만 그래도 가야겠지?"

문주의 길. 그것은 문주만을 위한 공간에서 독공을 익히러 간다는 말을 달리 말한 것이기도 했다.

그곳은 독곡 내에서도 가장 강하다고 하는 독물들이 날뛰는 것을 진으로 숨겨 놓은 곳이었다.

진신절기만 그대로 전해졌더라면 그곳에서 더욱 강한 문주가 되어 나왔을 터. 허나 진신절기를 잃은 상태로는……

소녀의 말대로 죽음에 이르는 길일지도 모른다.

노야 또한 그것을 모르지는 않은 터. 하지만 기울어가는 문파를 세우기 위해서는 달리 방법이 없었다.

천운에 걸든, 아니면 비처에 있을지 모를 조상들이 남겨 준 무공이라도 얻기 위해 갈 수밖에 없는 것이다.

"진이야 숙지하셨겠지요?"

"칫. 한 노야는 내가 죽어도 상관이 없는 거야? 응? 이래 봬도 하나 남은 핏줄이잖아."

"허허…… 그럴 리가 있겠습니까?"

자신의 손녀와 같은 이가 바로 눈앞의 소녀다. 피붙이 하나 없는 그가 어려서부터 돌본 이가 바로 눈앞의 소녀인 것이다.

'허허…… 얄궂은 거지요. 얄궂은…….'

그녀가 죽는다는 것에 가장 슬퍼할 자는 바로 노야였다.

"그런데도 보낸다고 하잖아? 응? 우리 그냥 독곡을 나가서……."

"그리 말씀하시면 안 됩니다요! 이래 봬도 일독지문의 문주 되실 분 아닙니까!"

"그래도……."

허나 그는 동시에 일독지문의 장로이기도 하지 않은가. 사지로 몰아가는 것을 알고 있으나…… 할 수밖에 없었다.

그게 노야와 소녀의 얄궂은 운명이었다.

"성년에 다다르신 분이 이러시면 안 됩니다. 그리고 이번에 사혼방에 다녀오지 않았습니까?"

"왜? 점이라도 보려고? 아니 노야는 그런 거 믿지도 않잖아? 전에 했던 주술도 사혼방에서 제안을 해 와서 했던거고."

무공을 되찾을 수 있는 주술.

그것은 사혼방의 방주가 제안한 것이었다. 사혼방에서 먼저 제안을 해 오지 않았더라면 그런 주문은 사용할 일도 없으리라.

물론 일말의 희망이 전혀 없었던 것은 아니다.

하지만 주술을 외운 지 몇 년이 더 지났음에도 여전히 문주의 무공은 돌아오지 않았다.

"그렇기야 했죠. 헌데 이 노야도 나이가 먹었나 봅니다. 부끄럽지만 점괘를 좀 봤습니다요."

"헤에…… 한 노야가 점괘를?"

"예. 허허……."

부끄러운 듯이 얼굴이 빨개진 노야였다.

그의 강직함은 독곡 내에서도 알아 줄 정도였다. 그런 노야가 마음을 바꾸고 점괘를 보다니?

'뭐야…… 나보다 더 걱정하고 있었잖아.'

모르긴 몰라도 그녀에 대한 걱정으로 점괘를 본 것이리라. 그렇지 않고서야 그가 점괘를 볼 리가 없었다.

자신을 걱정해 줬다는 것에 따뜻함을 느낀 것일까. 조금은 풀어진 얼굴로 소녀가 묻는다.

"결과가 뭐였어? 응?"

곧 성년이 될 나이임에도 묘하게 더 어려 보이는 그녀인지라, 그 모습이 제법 귀여웠다.

"허허……."

점괘가 나쁘기라도 하면 어쩌나 하는 불안함이 생긴 것일까? 잠시 상기되었던 표정을 짓던 그녀가 이내 불안한 표정을 짓는다.

"에…… 안 좋은 거면 차라리 말하지 마!"

그녀가 알기로 사혼방만큼이나 점괘가 잘 맞는 곳은 없었다. 중원에서도 사혼방의 사술과 점괘는 알아준다지 않는가.

아마 나쁜 점괘가 나왔다면 그녀는 정말로 독곡을 떠나 도망가 버릴 지도 몰랐다.

"그런 나쁜 점괘면 제가 말할 리가 있겠습니까? 점괘가 나쁘면 도망가실 거 아닙니까?"

"……그럼 나쁜 건 아니야?"

"예. 아주 길한 점괘였습니다. 은유가 잔뜩 있어 해석이 어렵기는 했습니다만은……."

"해석은 해낸 거지?"

"예. 쉽게 해석하자면 그곳에서 상서로운 것을 얻을 수 있을 거라 했습니다. 그러니 걱정 마시지요."

상서로운 것이라.

숨겨졌던 무공이라도 얻을 수 있다는 것일까? 정말 그렇다면 그것만큼 좋은 결과는 없을 것이다.

"……정말 그렇게 되면 좋겠다."

"아무렴요. 그렇게 돼야지요! 이 노야가 그렇게 만들 겁니다."

"푸훗. 그게 뭐야. 몰라."

일독지문의 맥은 과연 끊어지는 것일까. 아니면 달리 점괘대로 상서로운 것을 얻을 수 있게 되는 것일까?

답은 다가 올 그녀의 성년에서야 알게 될 터였다.

第七章

시간은 흐른다

새해가 밝아온다.

누군가에게는 밝은 희망을 그려주며, 또 누군가에게는 여전히 암울하기만 할 새해가 밝아가고 있었다.

그런 상황에서 감숙성 어귀에 있는 정우와 그를 따라 온 많은 이들은 차분히 새해를 맞이하고 있었다.

이화는 새해가 밝든 밝지 않든 간에 전에도 그러하듯 자기 수련에만 열심히인 상황이었다.

허나 언제나 예외라는 것은 존재하는 법이 아닌가. 아영의 경우에는 성격상 수련보단 궁금증부터 풀어야 하는 성격이었다.

그러니 아영이 호기심과 함께 약간의 짜증을 담아서 정우에게 물었다.

"이렇게 사람만 모은다고 뭐가 되는 거야? 강한 사람은 솔직히 몇 없잖아?"

"될 거야."

"말도 안 된다고."

자금의 경우에는 아영이 재주껏 해결을 했다.

본래부터 그녀의 가문이 가난하지는 않은 데다가 그녀 자체가 수완이 좋았다. 덤으로 뜻이 비슷한 곳에서 지원도 좀 왔다.

이것으로 계속해서 운용은 하지 못하겠지만 적어도 몇 년 정도는 버틸 수 있게 해 준 그녀였다.

그렇다 해도 최소의 준비이긴 했다.

무림맹만큼이나 대단한 숙소를 만들어 준 것도 아니고, 진수성찬을 매끼마다 차려주지도 못한다.

그저 최소한의 숙소와 최소한의 식사. 그 정도가 그녀가 수완을 통해서 해결해 줄 수 있는 전부이긴 했다.

이곳에 있는 자들 모두가 무림맹과 정파에 대한 실망과 함께 새로운 희망을 꿈꾸지 않고 있었더라면, 모두 떠나도 진즉에 떠났을 것이다.

즉, 이곳에 있는 자들의 정신이 드높으니 열악한 환경에서도 버티고서 있는 게다.

'그래봐야…… 몇 달이겠지. 사람은 정신만으로 이겨내기엔 한계가 있으니까.'

아영이 생각하기에도 지금 당장이야 어떻게든 버틸 수는 있을 것이다.

하지만 앞으로는 어떻게 하겠는가?

당장 몇 달은 이곳에 사람들이 모여들겠지만 앞으로가 문제다. 이대로는 분명 안 되는 상황이었다.

변화가 필요했다. 또한 아영이 보기에는 아무리 생각해도 정우가 일을 너무 크게 벌렸다.

"벌써 삼백이 넘게 모였다고. 여기서 더 받아들이면…… 현실적으로 힘든 부분도 감안해야 해."

"사람은 이 정도면 됐다고 생각한다."

삼백이면 어지간한 중소문파를 넘는 숫자다. 결코 적은 수가 아니었다.

"그래도 그 이전의 내 질문에는 답해주지 않았다고. 강한 사람도 없고, 약한 자들이야."

"그렇지. 누구나 녀석처럼 괴물 같지는 않으니까."

문제는 그 실력이다. 왕정만큼은 바라지도 않는다.

그래도 어느 정도 이상은 돼야 하지 않겠는가. 대부분이 하급무사 출신인지라 강한 자들의 수는 그리 많지 않았다.

그나마 실력이 아주 없는 것은 아니라는 게 희망일 정도랄까?

"그래 그거야 그런다고 쳐. 하지만 목적은? 앞으로는 또 뭘 어떻게 할 거야?"

"으음……."

정우가 잠시 고민을 하는 듯 작은 신음을 내뱉는다. 무언가 뜸을 들이고 있는 게다.

평소라면 이쯤에서 넘어갔을지도 모르겠지만 오늘만큼은 답을 듣고 싶은 아영이었다.

"나도 사람들을 모으기 위해서 애를 썼으니 그 정도는 들을 자격이 있지 않아?"

"그래. 있지. 문파도 아니고……그렇다고 맹이라 할 만큼 크지도 않으니 방(房)이라고 하는 게 옳겠지?"

"아니. 지금 중요한 건 이름이 아니지 않아?"

"중요하지. 무슨 파라고 붙이기에는 파락호 같으니까. 후후."

황당해서 따져 묻는 아영이건만, 정우는 여전히 여유만만이었다. 일견 능글맞아 보이기까지 할 정도였다.

'왕정한테 옮은 게 분명해…… 그놈의 능글능글함을 정우한테 볼 줄이야…….'

왠지 당한 기분인 아영이었다.

아영이 그러거나 말거나 정우는 계속해서 말을 이어 나갈 뿐이었다. 능글맞음은 당연히 여전했다.

"왜? 처음 물은 대로 조직이 어찌 돌아갈지를 물은 거잖아? 그러니 이름부터 붙이는 게 맞는 거라고."

"이름을 정하기라도 했어?"

이름을 묻는다. 정우는 그제서야 진지해지는 눈빛을 하고는 아영의 말에 답해주었다.

"그래. 정의방. 다소 유치하지만…… 이게 앞으로 우리를 부르는 이름이 될 거야."

"정의방?"

"응. 정의방. 그게 우리를 지칭하는 이름이라고."

후에 무림의 역사에서 가장 명예스러웠던 조직이자, 기둥이 될 곳, 정의방.

그 이름이 정우의 입에서 처음 나왔다.

'지금부터 시작이다.'

사람을 모으는 건 이제 되었다. 이 사이에 사람들을 어찌 단련시킬지도 이미 계획해 낸 지 오래다.

정우로서는 합류할 것이라 생각하지 못했던 그녀 덕분에 일이 제법 쉬워지게 되었다.

"진. 그리고 제가 배운 응용. 그것이면 됩니다."

제갈혜미. 그녀가 장담을 해 주었으니 확실할 것이다. 무공의 고하를 떠나 적어도 그녀의 두뇌는 진짜이니 말이다.

사람이 모였으며, 이름을 정하였고, 발전의 방향을 설정했다.

남은 것은 목적. 허나 그것은 처음 무림맹을 나올 때부터 정해진 것이 아니었던가?

'모든 잘못된 것을 바로 잡을 것이다.'

정우의 의지가 불타오르고 있었다.

* * *

사혈련은 상징적인 승리를 했다.

허나 그렇다고 해도 피해가 전혀 없는 것은 아니었다. 의외로 저항이 거셌기에 피해는 예상 이상이었다.

"하급은 천 정도가 당했습니다. 독에 당한 자들도 수백이라고 봐도 될 정도입니다."

"확실히 독이 무섭기는 하군."

차라리 점창과 맞붙는 전장에서는 독이 활약하는 경우가 그리 많지만은 않았다. 왕정도 상황을 봐서 독을 쓴 듯했다.

문제는 민가를 습격하다가 죽은 경우가 많다는 거다.

왕정은 민가를 습격하는 자들에게 한 점의 자비도 없지 않았던가. 그게 사혈련의 입장에서 문제였다.

습관적으로 민가를 털고는 하는 자들이다 보니, 그 와중에 너무 죽었다.

"완전히 학살이라고 봐도 무방할 정도입니다. 사 할 이상이 그의 손에 죽었다고 봐도……."

"그래 봐야 잔챙이들이 아닌가. 련에서 중요한 자들은 그런 잔챙이가 아닌, 정예일세."

련주의 말대로다.

대부분 민가를 털다가 죽은 자들 중에는 련의 정예보다는 련에 잘 보이려 하던 자들이 더욱 많았을 정도다.

이번 전쟁을 기회로 어떻게든 공을 얻어 련에 한 자리 얻으려는 자들이 대다수 죽어나자빠졌다.

정예들의 희생이 없지는 않았지만, 단속을 하고 난 뒤에는 그나마 희생이 적었다.

"그래도 사기가 문제입니다. 너무 많은 자들이 죽은 것은 분명 좋지 많은 않으니 말입니다."

"흐음…… 그 부분은 좀 고민을 해 보아야겠지."

"예. 무언가 조치를 취하긴 해야 할 듯합니다. 잔치도 좋고…… 새로 모집을 하는 것도 좋겠지요."

승리를 했다고 말하며 애써 떨어지려는 사기를 막기는 했지만, 실질적으로 움직여 주기는 해야 했다.

적당히 포상을 내리거나, 허웅같이 패배만을 남긴 자에게는 벌을 줘야 했다.

사파의 고수들이 모인 곳이라지만, 련으로서도 그런 부분은 굉장히 중요한 부분이었다. 또한 민감하기도 했고.

누가 이러한 일을 진행하냐에 따라서 후에 련에 대한 충성도가 달라질 수 있는 것이다.

이 부분의 중요성을 느낀 것일까?

“그건 내 직접 진행을 해보도록 하지.”

“아…… 련주님이 하시는 거라면 분명 효과가 있으실 겁니다.”

련주가 직접 나섰다. 적어도 련주는 진짜배기다.

사군창이 기대한 대로 련주가 직접 나서 상벌을 처리한다면 디들 만족을 할 게 분명했다.

“그럼 그것은 되었고…… 문제는 관에 금칠을 좀 해야 한다는 것이겠지.”

“예. 추진을 하고는 있으나 잘 되지 않고 있습니다.”

이번 일의 상벌에 대한 것은 차지한다손 치더라도 문제는 다른 것에 있었다. 바로 화약!

마지막에 무림맹에게 한 방 먹이기 위해서 사용한 화약이 문제가 되었다.

“처음 일을 진행할 당시만 하더라도…… 관에서 묵인하기로 하지 않았던가?”

련주 입장에서는 예상치 못한 문제이기도 했다.

화약에 관한 중요성은 련주도 이미 알고 있는 터. 화약을 사용하기 이전에 관에 꽤나 많은 뇌물을 주었던 련주다.

관의 아래위로 뇌물을 고루 넣었으며, 동시에 일을 진행해도 문제없을 거라는 절도사의 확언도 받아냈을 정도다.

무림맹 입장에서야 말도 안 되는 소리라 할지 모르겠지만, 련주 입장에서는 나름 계산을 철저히 하고 움직였다 이 말이다.

그런데도 관에서 묘한 움직임을 보이기 시작했다.

화약에 관한 건을 걸고넘어지려는 움직임이 보이기 시작한 것이다. 뇌물을 준 것치고는 생각지 못한 결과다.

"분명 일을 벌이기 전에 확언을 받았습니다."

"확실히 그렇겠지. 이 내가 반쯤은 진행을 했으니 모를 리가 없지 않겠는가. 그런데도 묘하단 말이지."

뇌물만큼 관을 확실히 사로잡을 만한 게 어디에 있을까. 차고 넘치게 주었음에도 문제가 생긴다라?

'뭔가가 있군.'

련주가 잡아내지 못한 뭔가가 있음이 분명하다. 그의 계산 밖의 움직임이 있는 것이다.

련주로서도 포착하지 못한 움직임이 관에서 일어나고 있었다.

*　　*　　*

"우 현령. 정말 이대로 해도 괜찮겠는가?"

하남 평여현의 현령이 우 현령이다. 그는 가진 바 능력이 부족치 않음에도 굳이 현령 자리를 고집했었다.

십 년도 더 전부터 조금씩 썩어 들어가기 시작한 황실에서 한 걸음 물러나기 위함이었으리라.

허나 그의 친우는 현령을 고집하는 그와는 반대로 우 현령의 자리를 대신하여 출세가도를 달리고 있었다.

썩어서라고?

아니다. 그는 그나마 남은 황실에 몇 안 되는 충신이자, 제대로 정신이 틀어박힌 자이다.

그의 물음에 우 현령은.

"황실이 썩어도…… 무림인이라는 자들이 날뛰어도 가만있던 게 나일세."

우 현령은 그랬다. 현령의 자리에 있을 만한 이가 아님에도 그는 오직 침중해 나갔을 뿐이었다.

마치 침묵만이 자신이 할 수 있는 모든 것이라 여긴 듯한 그였다.

그런 그가 생각보다 큰일에 나섰다. 그가 황제에게 바로 상소를 올렸는데, 그 내용이 문제였다.

몇몇 관리들이 입을 닫기로 한 운남에서의 일을 내용으로 하여 상소를 올린 것이다.

작금에 사혈련 입장에서 생각지 못한 관의 움직임은 그가 올린 한 장의 상소로부터 시작되었다고 할 수 있으리라.

"그런데 왜 지금의 시국에 나섰는가? 다행히도 위에서 달리 소리를 내지는 않네만은……."

"황실 입장에서도 내 상소가 마음에 들었나 보군."

"본래 그러한 상소는 쥐도 새도 모르게 사라지는 법이거늘…… 의외긴 했네."

보통이라면 우 현령이 상소를 올려도 무시당할 것이 분명했다.

작금의 황실은 양민들을 쥐어짜는 것은 아니지만, 그렇다해서 양민들의 일에 신경을 쓰는 자들도 아니었기 때문이다.

무언가에 홀리기라도 한 듯 비틀려 있달까?

퇴폐는 당연하고, 그와 함께 못 보던 자들이 종횡하고 있는 것이 지금의 황실이다. 내부가 곪고 있는 것이다.

그런 상황에서 우 현령의 상소가 먹혀들었다!

"무언가 맞아 떨어지는 것이 있겠지. 그래, 결과는 어떻던가?"

"상소의 결과야…… 조금씩 나타나고 있네. 조사단을 꾸린다는 말도 있고. 여하튼 꽤 의외일세."

"흐음……."

우 현령으로서도 이 정도로 결과가 나올 줄은 예상하지 못했다.

참다못해 올린 상소이기는 했다. 그렇다고 해도 황실이 직접 움직임을 보일 줄은 그도 몰랐다.

'무언가 다른 이유가 있는 것인가…….'

설마 황실에서 무림을 통제하기라도 하려는 것일까?

홧김에 올린 상소치고는 그 결과가 워낙 크다. 우 현령으로서도 어찌 반응해야 할지가 애매한 상황이다.

"뭐 아는 것이 있는가?"

"당장에는 없네. 그래도 시일이 좀 지나면 알아 올 수 있을 듯하네."

"시일이 지나면 알아 올 수 있다라?"

"아마도…… 조사단으로는 이 몸이 갈 듯하이. 내 거기서 좀 상황을 알아봐 봄세."

자신의 친우가 조사단으로 나가게 된다면, 무슨 연유로 황실이 나서지도 않던 일에 나서는 건지 알 수 있으리라.

그렇기에 우 현령은 고개를 끄덕이며, 자신의 친우에게 부탁하노라 말했다.

"…… 그럼 이만 가보겠네."

그 뒤로 한참을 두고 환담을 나누던 친우는 이제 다시 돌아가야 하는 것인지 채비를 하였다.

그로서는 시국이 복잡함에도 불구하고 이곳에까지 온 것만으로도 큰마음을 먹고 움직인 것이리라.

"잘 가게나."

친우이기에 할 수 있는 행동이었을 게다.

"후우……."

자신의 몇 안 되는 친우이자, 마음을 나눌 수 있는 자를 떠나보내고는 허허로운 기분을 느끼는 우 현령이었다.

얼마 전까지만 하더라도 평여현에 왕정이라는 이가 있었기에 제법 바쁜 나날을 보내던 그로서는 현재의 평화가 그리 좋지만은 않았다.

아니, 그가 보기에는 무언가에 가려진 거짓된 평화로움이었다.

"무언가 돌아가고는 있는데…… 그것이 무엇일꼬."

그가 모를 어떠한 일들이 관과 무림, 전부에서 암약을 하고 있었다. 위로 보이는 표면 뒤에 알지 못할 움직임들이 꿈틀대고 있었다.

*　*　*

독곡의 독막으로서는 전에 없던 흥함을 보이고 있었다.

같은 갈래에서 나왔으나 항시 그들을 앞서기만 하던, 일독지문이 쇠락하니 그들의 흥함은 당연한 것일지도 몰랐다.

아니, 되려 몇 대를 이어가면서 일독지문이 버텨 온 것 자체가 대단하다고 할 정도였다.

만약 그들의 최고 무공이 사라지지만 않았다면, 지금의 독막은 일독지문에 밀려 존재치도 못했으리라.

그만큼 오래 전 일독지문의 성세(成勢)는 보통이 아니었다. 독곡이 곧 일독지문이란 말도 있었을 정도이다.

그런 그들에게 마지막 쐐기를 박아야 했다. 또한 그런 쐐기로 아주 적당한 것이 있었다.

독막의 주인이라 할 수 있는 운마군이 장로 자리를 차지하고 있는 안일지에게 물었다.

"새로운 시험은 준비가 되었는가? 슬슬 다시 중원에 진출을 할 때도 되지 않았는가?"

독막의 주인이라고 하더라도, 장로와의 관계는 완전한 상하의 관계라고 보기 어려웠다. 그러니 조심스레 말하는 것이다.

서로 협력하던 가운데에서 독막과 같은 문파들이 나왔기에 나올 수 있는 특이한 관계라고 할 수 있었다.

독곡은 중원과는 또 다른 의미로 살아가는 세상인 셈이다.

"사혼방에서 아직 시험을 허락해 주지 않았다네. 아직 겨울이 지나지 않았으니 조금 미루자고 하더군."

독인을 선출하는 데는 사혼방의 시험이 그 무엇보다 중요했다. 또한 그들의 말을 곧잘 따르곤 하는 녹군도 신경을 쓰기는 해야 했다.

독막의 입장에서도 그들을 상대하자면 못 할 것도 없었지만, 그리 상대해 보았자 남는 것은 자멸밖에 없다는 것을 알기 때문이다.

"허어…… 새해만 되면 바로 독인의 시험을 보기로 하지 않았던가. 벌써 독인이 나오지가 못한 지가 수십 년이야!"

"거의 두 번의 독인이 나오지 못하였지. 아니, 세 번이라고 해야 하는가?"

"그래도 이번에는 확답을 해 주었겠지?"

"그렇네. 이번에 일독지문에서 후보가 나오면 시작을 하자는군."

일독지문이라는 역린을 건드린 것일까? 조금은 격해지는 운마군이다.

"하…… 일독지문에서? 말도 안 되는 소리! 그들에게서 나올 후보가 있기는 한가? 한 장로라도 나온다던가?"

독인은 일독지문이 아니면 독막에서 나오고는 했다. 녹군의 사람들이야 이 행사에 관심도 없으니 당연한 일이었다.

아직까지는 독막보다는 일독지문이 더욱 많은 독인을 배출했다. 그러니 역린일 수밖에 없는 것이다.

그의 내심을 알기에 장로 안일지는 조심스레 말했다.

"……한 장로야 나오지 못하겠지. 그는 일독지문의 장로이지 않은가."

중원인들은 모르는 사실이나 독인이 되는 것에는 여러 가지 조건이 있었다.

그 조건 중 하나는 바로 장로 신분에 있는 자는 출전을 하지 못한다는 것이었다. 독곡에서 장로의 의미는 독곡의 후인들을 양성하는 자리이기 때문이었다.

"그럼 누가 나오나? 그 어린아이가? 말도 안 되지 않는가?"

"모를 일이지. 듣기로 올해로 성년이 된다고 하지 않았던가."

"헹…… 그 미친 자살 의식이나 제대로 치를지 모르겠군. 전대의 문주도 죽어 없어지지 않았던가."

일독지문의 문주만이 치르는 의식은 언제부턴가 자살 의식이라 불리곤 했다. 죽음 외에 다른 결과가 없어서 이리라.

"허허…… 그래도 한 때는 최고의 독인을 만들어 내던 시험이 아닌가."

"그거야 옛날의 일이지. 후우…… 그래. 몇십 년을 기다렸는데, 내 몇 달을 기다리지 못할까."

"봄까지만 참으면 된다네. 그때가 되면 우리 독막 출신의 독인이 중원에 진출하는 것이야!"

"후후. 그래. 그때는 진정 이곳과 다른 옥토(沃土)를 얻을 수 있을지도 모르지."

일독지문이야 어찌 되었든 자신들의 장밋빛 미래를 그려가는 독막이었다.

과연 그들의 생각대로 일이 진행될 지는 이곳 일독 지문에서 벌어지는 의식의 성사 여부가 가장 중요했다.

사혼방 특유의 복장을 하고 온 방주가 한 장로와 함께 두 가지의 의식을 주관하고 있었다.

"문주의 성년을 축하하오이다!"

하나는, 올해로 스물이 되는 소녀 운민의 성년식이었다.

독곡에서의 성년식은 중요한 축제일 수밖에 없었기에 다들 진정으로 축하하는 모습이 역력했다.

독곡이란 곳 자체가 보통 험한 곳이 아닌지라, 성년까지 살아남았다는 것 자체가 축하할 일이니 당연한 모습이었다.

"……예."

다만 그 주인공인 운민이야 여전히 표정이 밝지만은 않았다.

'……성년에 죽을지도 모른다라. 후우…… 아버지보다도 짧게 사는 걸지도 모르는 거잖아?'

성년식 다음으로 있을 의식이 신경 쓰여서 그러한 것이리라.

오직 일독지문의 문주 될 자들이 치르는 의식이자, 문주 가문인 운가로서는 가문의 많은 자손을 잃게 한 의식을 그녀가 치러야만 했다.

"의식에 대한 모든 것은 이 방주가 모두 준비해 왔소이다."

"……감사합니다."

"허허. 상서로운 일만 가득하실 분이 그리 어두운 표정을 지어서야 되겠습니까?"

그러면 웃어야 한다는 말인가? 죽을지도 모를 상황에 웃을 자는 이 험한 독곡에서도 몇 되지 않으리라.

그러나 자리가 자리다. 그녀는 애써 웃음을 지을 수밖에 없었다.

"후후. 예. 정말 상서로운 일이 있으면 좋겠네요."

"분명할 겁니다. 이 방주가 직접 점괘를 보았었으니까요. 자아, 그럼 가시지요."

일독지문이 흥할 때였다면 이 의식 자체도 일독지문이 자체적으로 해결을 했을 것이다.

그러나 지금은 문파의 의식을 위한 진에 도달하는 것조차 자체적으로 해결하지 못하는 상황이었다. 해서 사혼방의 방주가 함께 자리를 지켜 주는 것이다.

"바이야 우논 바르누다……."

언제보아도 사혼방의 주술은 신묘했다.

그의 진언 덕분인지 의식을 치르기 위해 가야 할 곳에 존재해야 할 독물들이 자리를 비켜 주었다.

사혼방의 방주 덕분에 금세 도착하게 된 진의 앞이다.

오직 문주의 직계만이 진을 헤쳐 나갈 수 있다 알려져 있었다. 이때부터는 사혼방이라고 해도 도와줄 수가 없었다.

이곳까지 오는 내내 어린 손녀를 데리고 산책을 하듯, 운민의 손을 꼭 잡고 오던 한 장로다.

그가 결국에는 그녀의 손을 놓았다.

"다녀오시지요."

그로서는 끝끝내 그녀를 보낼 수밖에 없기에 그의 표정이 그리 밝지 만은 않았다.

슬퍼 보이는 장로를 위로하고 싶었던 것일까? 그녀가 애써 웃음 지어 본다.

"헤에…… 그럼…… 다녀올게. 내가 돌아올 때는 맛있는 거 많이 준비해 놔야 해?"

"아무렴요. 문파 아이들을 다 시켜서라도 매일 준비해 놓겠습니다."

"응! 그럼 들어갈게."

처연했을 웃음을 지으며 그녀가 진을 향해 걸음을 옮겼다.

사혼방의 방주는 상서롭기만 하다고 말한 길이, 그녀에게는 죽음의 늪으로 보이는 것은 왜일까?

第八章

생각지 못한 인연

인연이란 어디서부터 이어져 오는 것일까? 감히 사람이 인연의 깊이를 측정하기에는 불가능한 일일는지도 몰랐다.

복잡한 인연의 틈새도 모르는 채로 왕정은 전과 다름없이 그날의 수련에 집중을 하고 있었다.

"오오! 확실히 되는 거 같네요."

성과가 조금씩 나오고 있었기에, 꽤나 신이 나 있는 그이기도 했다.

아주 잠시씩이지만 독존황이 그의 몸을 통해서 움직이는 것이 가능했다. 자신의 의지에 의해 가능하게 된 것이다.

잘해야 반각도 안 되는 시간이긴 하지만 그 정도만으로도 획기적이라고 할 수 있을 일이었다.

물론 이 결과물을 만드는 데까지는 독존황의 노력도 노력이지만 왕정의 노력도 같이 더해졌었다.

왕정이 동의를 하지 않고서야, 독존황은 왕정의 몸을 결코 움직일 수 없었다.

'결국 비결은 합심(合心)인가.'

독존황이 왕정의 몸을 움직일 수 있는 비결은 서로 같은 마음으로 움직이고자 하는 것에 있었다.

합심을 하는 것이 곧 비결이었던 셈이다.

"근데 가만 생각해 보면…… 전에 제가 위험했을 때는 할아버지에게 움직이라 동의를 표하진 않았잖아요?"

—아무래도…… 네가 내게 기대는 바가 있어서 그런 거 아니겠느냐?

"푸훗. 그게 뭐에요. 그러니까 위기 상황이어서 할아버지에게 기대었다. 이건가요?"

—그럴 거다.

자신도 모르게 독존황에게 기대었던 건가. 하기야 가족이 본래 그러한 것이 아닌가. 깊게 들어갈 필요는 없었다.

"흐음…… 좋은 거 같기도 하고. 왠지 아닌 거 같기도 하고. 모르겠네요."

—되었다. 네가 자주 하던 말대로. 좋은 게 좋은 거 아니겠

느냐.

"후후. 어쨌거나 이제부터는 초식도 좀 더 세밀해질 수 있겠네요. 무공도 더 쉽게 전수받고요."

—아무렴!

이제부터 왕정은 중원 최고의 스승을 둔 것이나 다름없었다.

전에는 함께 오감을 공유하고 알려주는 정도였다면, 지금은 직접 움직여서 알려줄 수 있으니 더 말해서 뭣하랴!

비록 하루에 반각 정도의 시간이라고 하더라도, 현재의 독존황보다 뛰어난 스승은 그 어디에도 없을 것이다.

'그 신의 한 수를 여러 번 반복만 해줘도 분명 배울 바가 있겠지…….'

외로운 독곡의 생활 와중에 성과를 얻어가는 왕정이었다.

"그럼 이제부터는 수련을 할아버지의 시범 다음에……어?"

성과가 있으면 재미가 붙는 것은 당연한 일이다.

그럼에도 그가 수련을 멈출 수밖에 없는 것은 생각지 못한 인기척이 느껴졌기 때문이리라.

—누군가 왔구나. 설마 지금 시기가……

"에? 당분간은 안 올 거라면서요?"

이곳은 오롯이 독종황을 위한 공간이기는 하다. 그와 같은 자를 위해서 만든 곳이라 들었으니까.

'하지만 한 대에 한 번 정도는 온다더니…….'

그 시기가 하필 지금일 줄은 왕정도 몰랐다. 예기치 못한 방문자가 온 셈. 그런데……

"으으…… 화, 환상?"

묘령으로 보이는 여인은 왕정을 보자마자 환상으로 여기는 듯했다. 그리고는 이내.

풀썩.

쓰러지는 것이 아닌가?

"에엑!?"

—연독기공을 익힌 자는 쉽게 통과해야 하는 것이 기본이거늘…… 대체 왜?

왕정이 놀라는 것만큼이나 독존황 또한 놀라고 있었다. 왕정으로서는 놀람이 당연하지만 독존황은 또 왜 이러는 것일까?

무슨 이유가 있지 않고서야 그가 놀랄 리가 없었다.

"왜 그러세요? 으음?"

—아니다. 우선은 연유부터 들어야겠구나. 어서 데리고 들어가거라.

"예."

본래부터 침착한 성미의 독존황이 아닌가. 우선은 그의 말부터 들어야 할 듯했다.

일견 후줄근해 보이기까지 한 집 안으로 소녀를 데리고 들어 간 왕정이다.

"여기가 좋겠군."

안에는 여러 독물들을 죽이고 나온 부산물들로 만들어 진 집기들이 가득 했다.

겉으로 보기에는 부족하기만 한 살림이다. 허나, 홀로 집을 만들어 온 왕정의 여러 비법이 들어갔기에 그럭저럭 살 만한 곳이긴 했다.

허나 환자에게까지 살 만한 곳은 못 됐다.

왕정이 독물들로부터 흡수하고 남은 독기의 잔재들도 이 소녀에게는 그리 좋지 못하리라.

"음…… 환자니까 더 챙기는 게 좋겠지요?"

—아무렴. 일단은 기부터 살펴보도록 해라.

"예."

의원 노릇을 해본 적은 있는지라 살피는 것 정도는 가능했다.

"으음……."

—왠지 약하구나. 이럴 리가……

"우선은 독이 많이 파고들었네요? 아니, 이상한데……."

분명 소녀 또한 독공을 익힌 듯했다. 단전에 있는 독 기운을 왕정이 착각할 리가 없지 않은가.

독공을 익히지 않고서야 이러한 기는 쌓는 것 자체가 불가능하다.

'웃기네? 독공을 쌓았는데도 독기를 이기지 못하고 여기서 쓰러진다라?'

무슨 사연이 확실히 있기는 있다. 그것도 독존황이 당황할 만큼 큰 연유가 있는 것이 분명했다.

—……

무슨 말이라도 해주면 좋으련만 독존황은 침묵을 하고 있을 뿐이다. 이대로는 안 되겠다 싶은 왕정은 먼저 말을 하고 바로 움직였다.

"우선 독부터 빨아들이도록 할게요."

스으으으.

해골독협이라고도 불리던 그가 아니던가. 흡독(吸毒)의 공능만큼은 살아생전 독존황과 맞먹는 왕정이었다.

흡독을 시작한 지 반각이나 지났을까.

"휘유…… 안 좋은 것만 잔뜩 쌓였었네요. 덕분에 저야 좋지만요."

금세 독을 빨아들인 왕정이다. 그가 보기에 몇 년 전부터 제대로 흡수하지 못하던 독도 모조리 흡수했을 정도다.

덕분에 소녀는 환골탈태 정도는 아니더라도 몸은 꽤 가벼워졌을 게 분명하다.

잔독을 왕정이 흡수해 준 덕분에 전에 비해 내공 운기를 하는데 막힘이 없을 테니 말이다. 결과적으로 왕정이 소녀에게 큰 선의를 베푼 셈이 되었다.

그의 치료가 제대로 먹힌 것일까?

“으으음…….”

소녀의 아미가 파르르 떨린다. 그리고 이내 그녀의 눈과 왕정의 눈이 마주친다.

선조의 인연이 지금에까지 이어져 그녀와 그가 정식으로 처음 마주하는 순간이었다.

* * *

지금 상황이 어떻게 된 걸까? 어째서 일독지문의 문주를 위한 공간에 다른 이가 있는 것일까?

오래 전에 사라져 버린 자신의 아버지가 지금까지 이곳에서 버티고 있었던 것일까?

그럴 리가 없다. 자신의 아버지가 지금껏 살아 있었더라면 저 청년과 같은 모습을 하고 있지는 않았을 거다.

적어도 중년의 모습은 하고 있을 터.

아버지도 아니다. 그렇다고 그 위의 선조일 리도 없었다. 그럼 대체 누구이기에 이곳에 있는 것일까?

'설마…….'

오래전에 사라져버린 그분의 후예인가?

그럴 리가 없었다. 그분의 무공을 되찾기 위해서 얼마나 노력을 했었던가. 사혼방의 주술조차도 그를 위해서 사용했던 것이 아닌가.

그럼에도 전혀 먹혀들지 않았던 것이 현실이다. 수백 년이 지난 지금에 와서 그것이 전해질 리가 없었다.

마음 안에 혼란이 그득한 가운데에서도 그녀는 또렷하게 왕정을 주시하며 물었다.

"누구시죠? 어떻게 저희 문파의 금지(禁地)에 있으신 겁니까?"

어쩌면 그의 대답에 따라 자신의 운명이 정해질 수도 있었다. 그렇기에 그녀는 내심 가슴을 졸이고 있었다.

이어지는 그의 답은.

"으음…… 이걸 무슨 관계라 해야 할까요? 같은 일맥이라고 해야 할지도요? 저도 설명이 좀 필요해서 말이죠."

조금이지만 어리숙해 보이는 답이었다.

그로서도 무언가 궁금한 것이 있는 게 분명했다. 그렇지 않고서야 저런 어리숙한 모습을 보일 리가 없었다.

한순간이지만, 그녀는 그의 그런 어리숙한 모습마저도 부러웠다.

일독지문의 하나 남은 후예로서 한 노야를 제외하고는 감정을 숨기고 살아야 했던 그녀가 아닌가.

그녀에게 있어서는 저런 어리숙함조차도, 그녀로선 부릴 수 없는 하나의 사치였다. 그게 그녀가 가진 자리였다.

또한 언젠가 목숨을 잃을 각오를 하고 지금 있는 금지에 와야만 하는 얄궂은 운명을 타고난 그녀다.

그러니 그녀로서는 왕정의 저런 어리숙한 모습마저도 부러울 수밖에 없었다.

"무슨 말이죠?"

"음…… 그러니까…… 역시 이걸 보여줘야 되려나?"

파앗.

그녀의 손에 전에 없던 구슬이 생겨난다. 일견 청아해 보이지만 안을 잘 살펴보면 혼탁해 보이기만 한 구슬이다.

문헌에서도 들어 보았던……

"무, 무슨! 어째서 당신이 연독기공을!"

"하하…… 그게 그러니까……."

또 어리숙하게 머리를 긁적이는 왕정이다. 그런 왕정을 보면서도 그녀는 멍한 표정을 계속 지을 수밖에 없었다.

이미 잃어버린 무공이 아닌가?

그나마 그 흔적이 이곳 금지에 있지 않을까 싶어 일독지문의 문파 일족은 대를 이어가며 이곳을 찾아왔었다.

그럼에도 아무런 성과가 없어 한때는 보다 아래에 있었던 독문에 밀린 지 오래인 자신의 문파다.

그런데 꿈에서나 그리던 연독기공이 다른 이의 손에 가 있을 줄이야!

'대체 이게…… 정말 주술이 먹히기라도 한 건가? 그럼 사혼방에서 말한 상서로운 일이란 건……이건가?'

잠시 멍한 상태로 있던 그녀는 이내 정신을 차렸다.

당장에 정신을 차리는 것 외에 달리 다른 선택이 없기도 했다. 우선은 자초지종을 파악할 필요가 있었다.

그녀가 심문을 하듯 캐묻기 시작했다.

"누구로부터 익힌 거지요?"

"음…… 할아버지요?"

"할아버지? 대를 이어 전수가 되었다는 건가요?"

"그러니까……그게 또 아니라면 아니고……."

설마 독곡이 아닌 독곡의 외부에서 연독기공이 대를 이어가며 이어져 내려오기라도 한 건가.

'아니다. 그럴 리가 없다…….'

그녀가 고개를 휘휘 젓는다. 자신이 했던 생각이 말도 안 되는 생각이라 생각했기 때문이다.

연독기공을 익히기에 가장 최적인 장소는 이곳 독곡이 아닌가.

아무리 외부에서부터 연독기공이 전해졌다고 하더라도 진즉에 이곳을 찾아왔어야 옳았다.

게다가 대를 이어 전수가 되었다면 소문이라도 났어야 했다.

대를 이어가며 독인들을 통해서 연독기공에 대한 수소문 또한 했었으니 소문이 전해지지 않았으면 그게 더 이상했다.

[역시 말해야겠죠? 이쯤 되면 숨길 수도 없는 거 같은데요?]

—허허…… 연유를 제대로 알기 위해서라면 어쩔 수가 없구나. 설명을 해 주거라.

애매한 듯한 표정을 짓던 그가 그녀에게 설명을 시작했다.

"아……그러니까 이걸 뭐라 설명을 해야 하려나…… 믿어줄지는 모르겠지만……."

그녀로서는 믿기도 힘든 이야기. 하지만 현실이기만 한 이야기가 그의 입으로부터 시작 된 것이다.

그것은 몇 년 전, 홀로 삶을 사는 데 익숙하기만 했던 한 소년의 운명을 바꾸었던 이야기의 시작이었다.

처음에는 놀람으로. 다음으로는 멍함으로. 그 다음에는 질시로…… 또 그 다음에는 복잡함으로.

그녀의 정신은 많이 멍한 상태였다. 왜 아니 그렇겠는가?

'사혼방의 주술이 이런 식으로 나타날 줄이야…….'

꿈에도 그리던 연독기공이다.

그 무공이 없었기에, 연독기공을 뛰어넘을 무공을 더는 창안해 내지 못했기에 몰락해 가던 일독지문이다.

그런데 그것이 돌아왔다. 생각지도 못한 아주 이상한 형태로 돌아온 것이다.

다른 이를 통해서 전수되어 돌아올 줄이야!

게다가 청년의 말대로라면 자신의 선조나 다름없는 독존황이 그와 함께하고 있다는 말이 아닌가!

호사가들이 말하는 괴이막측한 이야기로도 써먹지 못할 만큼 말도 안 되는 소리였다.

그러나 그가 펼쳐 보인 연독기공은 문헌에서나 전해지던 그것과 전혀 다름이 없었으니…… 믿지 않을 수도 없었다.

저 혼탁해 보이기만 한 독구는 오직 연독기공이 경지에 오른 자만이 펼칠 수 있는 것이었으니까.

"에…… 그러니까…… 일단은 정신 좀 차리고 이야기하지요. 저는 잠시 나가 있지요."

"……."

소녀의 혼란을 배려해주는 것일까. 그가 잠시 물러난다. 그러나 그 뒤에도 한참을 두고 멍한 표정을 짓는 그녀였다.

* * *

"음…… 할아버지가 그 뭐냐…… 독곡의 지배자 비슷한 거 아니었어요?"

—맞기도 하고, 아니기도 하다.

"그게 무슨 말이에요?"

뭔가 다르기라도 하다는 건가. 이해를 할 수 없는 왕정이었다.

—독곡이 중원과 비슷하다고만 생각하면 안 된다. 문파의 문주라고 하더라도 때로 독인이 되기도 하고…… 여러 사연이 있다.

"그러니까 쉽게 알 수가 없다 이거네요?"

—그런 거다. 쉽게 알려질 만한 곳이었다면 진즉에 중원에 알려지지 않겠느냐.

"하기야 그것도 그렇네요."

독곡에는 중원과는 다른 묘한 구석이 있는 것일 게다. 하기야 그러니 중원에도 독곡이라 하면 떠오르는 건 독인밖에 없는 것이겠지.

그들의 생활상, 그들만의 삶, 무공.

그 모든 것들이 거의 알려져 있지 않은 곳이 바로 독곡이었다. 말하자면 중원과는 다른 그들만의 삶인 것이다.

"도피처라 생각했는데…… 이곳에 와서 더 복잡해지기만 한 것 같네요."

—허허…… 이 할애비도 이렇게 될 줄은 몰랐다. 잠시 이곳에서 무공을 닦고 힘을 길러 나서면 될 것이라 여겼었다.

"다른 이들과 마주할 확률은 굉장히 적다고 본 거고요?"

—그러하다. 한 대에 한 명이나 겨우 오는 곳이 이곳이다. 그런데 하필 그것이 지금일 줄 어떻게 알았겠느냐.

독존황의 말도 맞기는 했다.

한 대에 한 명. 그 확률이 과연 얼마나 되는 것일까? 그리 높지만은 않을 것이다. 그런데 하필 그 한 명이 지금에 왔다.

그것도 독존황이 예상하지도 못한 다른 방식으로.

독존황으로서도 생각하지 못한 무언가 사연이 있을 것이 분명했다. 또한 복잡하기만 할 것이다.

"굉장히 얄궂네요. 어딘가를 가면 계속 일이 터지기도 하고…… 뭔가가 이어지기도 하고요."

—허허. 그렇구나. 무공보다도 더 어려운 것이 인연이었던 게지.

"확실히요. 흐음……."

외로움을 느꼈던 것은 사실이다. 허나 그렇다 해서 이런 식으로 인연이 이어지기를 바라기만 한 것은 아니었다.

뭔가 묘하게, 또한 얄궂게 인연이라고 불리는 무언가가 길게 이어지고 있었다. 그 방향은……

'대체 어떤 방향일까?'

자신이 원하던 방향으로 가는 것일까?

아니면 자신의 의지와는 상관없이 독존황의 때부터 길게 이어진 어떤 운명에 의하여 이곳으로 이끌린 것일까?

아직은 알 수 없는 노릇이다. 생각을 하면 할수록 복잡해지기만 한 그런 상황이 그려지기만 한다.

그렇게 얼마나 있었을까. 멀거니 보이는 독곡의 독물들을 멍한 눈으로 바라보던 왕정이 몸을 일으켰다.

"으차아……."

—왜 그러느냐?

"가만있자니 답답하니까요? 하하. 생각해보면 제가 원래부터 복잡하게만 살아 온 놈은 아니잖아요?"

—…… 그래. 그랬지.

독존황이 빙의를 하지만 않았더라면, 아니 그때 독사에 물리지만 않게 되었더라면 왕정은 평범한 사냥꾼으로만 삶을 마감했을지도 모른다.

생각지도 못했던 아주 작았던 실수가 그를 중독시켰고, 그로부터 시작된 독공이 그를 여기로까지 이끌었다.

"얄궂다면 얄궂고…… 재밌다면 재밌는 삶이에요. 확실히."

—허허. 그렇더냐……

"예. 그러니까 한번 끝까지 가보려고요."

한순간이지만, 왕정은 인연인지 뭔지 하는 걸로 삶이 이어지는 건지 아니면 자신의 의지로 이어지는 것인지를 보고 싶어졌다.

그 길을 걸어가는 와중에 한없이 많은 복잡함과 힘겨움이 닥치더라도 한번 움직여 보기로 마음을 먹은 것이다.

그것이 과연 바른 선택일는지는 아직 알 수 없는 일이었다. 허나 언제는 모든 것을 알고 움직였겠는가? 무엇을 하든 예측하지 못하는 일이 일어나곤 하기에 인생이 재미있는 것 아니겠는가.

중원에 향할 때까지 움츠리기만 하려던 왕정이 몸을 일으켰다. 자신의 선택과 의지로 온연히 일어난 것이다.

후에 또 다른 독존황이라 불릴 그의 행보가 본격적으로 시작되어 가고 있었다.

第九章

기묘한 동거

결국 시간이 약이던가.

처음에는 당황하기만 하던 그녀도 시간이 지나기 시작하자 결국에는 인정을 했다.

말도 안 되는 상황이지만 일독지문에 문주 가문만이 알 수 있는 비사들을 함께 이야기하며 연독기공을 사용하는데 인정을 안 할 수가 없었다.

"……일독지문은 사십이 대 손운민 인사 올리옵니다."

"아, 이거 참……."

그녀가 절을 할 대상은 왕정이지 않은가. 왕정의 몸에 독존황이 깃들어 있으니 어쩔 수 없는 일이다.

허나 왕정으로서는 자신을 대상으로 한 것이 아님에도 예를 받아야 하니 어색할 뿐이었다.

—허허…… 상황이 재미있게 되었구나.

[이게 뭐가 재미있어요! 앞으로 독곡에 가면 이렇게 취급받는 거예요?]

—적당히 말을 지어야겠지. 중원에서부터 연독기공이 이어졌다거나…… 혹은 기연을 맞이했다고 하는 것이 좋겠구나.

앞으로 이런 일이 벌어지지 않게 하기 위해서라도 정리를 좀 하기는 해야 했다.

그 이전에 그녀와의 일부터 정리를 우선시해야 함은 물론이었다.

왕정이 어설프게 예를 받으며 있으려니, 그녀가 조심스럽게 물어왔다.

"저어…… 배분은 어찌 말씀을 드려야 할지……."

"으음…… 이것도 문제긴 하네요."

굳이 따지자면 독존황은 그녀보다 십삼 대는 더 높다.

꽤나 멀지 않은가. 그가 죽은 지 벌써 삼사백 년이 더 지났으니 어쩔 수 없는 상황이었다.

'보통 스승의 스승의 스승이…… 태사조인데…… 그 위로는 없지 않나? 하아.'

—그냥 태사조라고 하라 하도록 해라. 이때를 위해서 만들어진 존칭이 있을 리가 없잖느냐.

[역시 그것도 그렇지요?]

듣는 사람이 그리하겠다는데 더 말해서 뭣하랴.

"태사조라고 부르시면 된답니다."

"아! 그럼 그렇게 하도록 하겠습니다."

그녀는 호칭이 정해진 것만으로도 기쁜 듯했다. 잠시지만 만개한 웃음꽃에 왕정조차 멍해질 정도였다.

사람이 새로 오게 되어 좋기는 하나, 정리해야 할 것이 많지 않은가.

그동안이야 그녀가 상황에 적응을 할 때까지 기다려 줬다지만, 이제부터는 정확히 할 필요가 있었다.

"그 이전에 적당히 상황을 좀 정리해야겠습니다. 이대로는 복잡하니까요. 거기다 들어 볼 사연도 있고요."

"들어 보실 것이라 함은……."

"할아버지, 아니 태사조님이 궁금해 하시는 게 있거든요. 현재 일독지문의 상황. 무공의 문제 등등요."

"아아. 전부 말씀드리도록 하겠습니다."

독존황이 이해하지 못하는 상황에 대한 설명이 이어지기 시작했다.

—변했구나.

현재의 상황은 좋지만은 않았다.

처음 문제의 발단이 된 것은 독존황의 중원에서의 갑작스러운 죽음 때문이었다.

물론 독존황도 무공을 전하기 위해서 애를 썼다. 허나 결론적으로는 연독기공은 왕정이 오기 전인 지금에까지 전해지지 못했다.

그때부터 일독지문으로서는 최고 무공이 없어 조금씩 성세를 잃어가기 시작했다고 한다.

거기다 생각지도 못한 쐐기조차 박혔었단다.

"……항상 도와주기만 하던 독막이 전전 대에서부터 이상해졌습니다."

"그들이 어떻게 변했느냐고 물으시는데요?"

"독존황께서 마련하신 시독의 활용 덕분에 생존의 문제가 조금 덜어지게 된 게 문제가 될 줄은 꿈에도 몰랐습니다."

시독을 활용하여 농사에 사용하는 것. 그것은 독존황 덕분에 왕정으로서도 사용한 방법이기도 했다.

헌데 그것이 문제가 되다니?

"뭐가 문제가 된 거죠?"

"예전에는 생존이 가장 일순위였습니다. 하지만 적게나

마 생존에 대한 문제가 해결이 되니…….”

시독의 활용은 독존황의 선의 덕분에 있을 수 있는 일이었다.

그가 그런 방법을 생각해내지 못했다면 지금까지도 독곡의 사람들은 지금 이상으로 생존에 대해 걱정을 해야 했으리라.

그게 척박한 독곡의 현실이다.

하지만 독존황 덕분에 생존에의 문제가 '조금은' 해결된 순간부터 독막은 다른 생각을 하기 시작했단다.

"독막은, 독인들을 통해서 중원에 살 곳을 마련하는 것 이전에…… 독곡부터 정복해야 한다 생각한지도 모르겠습니다."

"음…… 옳기도 하고, 그르기도 한 이야기네요."

독곡의 정복.

그를 통한 중원에의 진출. 매 대마다 독인을 배출하여 중원으로 보내는 것과는 또 다른 방식이었다.

'좀 더 적극적인 방법 같기는 하군…….'

또한 독막의 방식을 사용하게 되면 필연적으로 중원 무림과 부딪칠 수밖에 없기도 했다.

독인 정도의 수준이 아니라, 지금까지와는 다른 대규모의 충돌이 일어날 것이 분명하리라.

허나 뜻은 나쁘지 않았다.

"예. 분명 그 대의는 독막의 입장에서는 옳습니다. 하지만……."

"그들의 방식대로라면 독막이 독곡의 모든 걸 통일하는 것이 우선이겠네요. 우선 일독지문부터 걸림돌이 되겠군요."

"……그런 것이지요."

독존황 덕분에 생존에의 문제가 조금은 해결됐다. 그 상황을 이용하여 힘을 비축하면 독곡의 중원으로의 진출도 가능할 것이다.

생각해보라. 독인 하나로도 중원을 뒤엎기도 했던 독곡이다.

그들이 힘을 쌓아 중원 진출을 노린다면? 중원에 한 자리를 차지하는 것도 결코 불가능 하지만은 않다.

다만 문제는 그 가운데에서 독막에게는 일독지문이 눈엣가시였을 것이다.

한때는 같이 협조를 하던 사이였으나, 이제는 최고 무공도 잃어버린 지 오래인 일독지문이 아닌가.

독막의 입장에서는 일독지문을 신경 써주기보다는 차라리 흡수하는 것이 자신들의 '대의'를 위해서는 편했을 것이다.

분명 독막의 입장에서는 확실히 일독지문을 내치는 것이 옳은 일이다.

—허허…… 한때는 혈육과도 같은 문파였거늘……

독존황의 독백이다.

독존황으로서는 수백 년의 시간의 간극을 느끼고 있는 터다. 시간이라는 것이 모든 관계를 변하게 함을 온몸으로 느끼고 있었다.

'할아버지…….'

왕정으로서는 그런 독존황의 씁쓸함을 느끼며 그를 걱정하고 있었다.

왕정이 보기에 독막의 방식은 분명 그들의 입장에서는 옳은 것이나, 그의 입장에서는 옳을 수가 없었다.

그의 씁쓸함도 결국 어쩔 수 없는 것이기도 했다.

허나, 손주로서 한 명의 가족으로서 그런 씁쓸함을 가만 지켜보고만 있을 수는 없지 않은가.

"하나씩, 제자리를 찾아보도록 하지요."

"예? 무슨 말씀이신지……."

그녀가 왕정을 복잡한 눈으로 바라본다.

그녀로서는 자신의 태사조의 제자라고 할 수 있는 왕정의 배분부터가 복잡할 수밖에 없었다.

아무리 중원과 독곡이 다른 방식으로 돌아가는 곳이라고

는 하지만, 배분을 완전히 무시할 수는 없지 않은가.

게다가 생각지도 못하게 태사조인 독존황이 빙의돼서 돌아오기까지 했다. 상상치도 못한 방식으로 사혼방의 주술이 발현된 셈.

상황 자체가 그녀로서는 복잡할 수밖에 없는 상황이었다.

그런 상황에서 무얼 제자리로 잡겠다는 걸까? 비정상적인 상황에서 제자리를 잡는다 하니 감도 잡히지 않는 그녀다.

그러나 그런 그녀를 대하는 왕정의 태도는 여전했다.

그녀가 보기에 그는 조금은 자신감이 넘치고, 또 조금은 장난기가 어려 있는 그런 모습이었다.

"바로 잡아 보자고요. 시작은 무공부터 하면 되겠네요. 찾아가야 할 사람에게 찾아가는 거니까요."

"에?"

왕정의 평소 성격을 모르는 그녀로서는 이게 무슨 말인지 당황스러울 뿐이다. 뭘 어떻게 바로잡겠다는 건가?

"연독기공부터 다시 제자리에 돌려 놓자구요. 그리고 다음은…… 독막부터 제자리에 잡아 놔야겠지요. 후후."

"아……."

그녀가 다시 멍한 눈으로 그를 바라본다.

아무리 인연이 이어진 것이라고 하지만 연독기공이라는 희대의 무공을 쉬이 전해줄 것이라고는 여기지 않은 듯했다.

그런데 그것을 바로 전해준다고 하니 놀라지 않으면 그게 더 이상하였다.

—이번만은 이 할아비도 부탁하도록 하마.

"예. 염려 마시라고요. 하나, 둘씩 해결을 해 보자고요."

*　　*　　*

왕정이 무공을 가르치기 위하여 절치부심하고 있던 날.

왕정은 독곡을 바로잡기 위해서 움직이고 있다면, 사혈련으로서는 생각지 못한 비틀림에 수습을 하기 위해 움직이고 있었다.

"아니 정 대인, 우리 사이에 이게 무슨 일입니까?"

"허어…… 우리 사이라니. 이거 황궁에서 조사 나온 분들 앞에서 할 말이 따로 있지요!"

사혈련의 사람들로서는 당황스러울 만큼 상황이 급박하게 돌아가고 있었다.

분명 앞뒤 상황을 다 재고 일을 벌인 것이건만, 황궁에서 직접적으로 조사단을 꾸려서 올 줄이야.

절도사 정도만 구워삶으면 될 것이라 여겼건만 일이 너무 커져버렸다. 아니, 상상 이상이다.

우 현령의 친우였던 자는 제대로 작심을 한 것인지, 사혈련의 이것저것을 들쑤시고 다니기 시작했다.

폭약사건 이상으로 더욱 큰 무언가를 원한 듯했다.

"뇌물은?"

"먹히지도 않습니다. 워낙 대쪽 같은 자라고 소문이 나 있다고 합니다."

"흐음…… 황실에도 저런 자가 있었던 건가."

사혈련의 뇌물은 당연히 먹히지도 않았다. 어떤 액수를 주어도 흔들리지 않을 듯한 그였다.

돈이 먹히지 않는다면 달리 사용할 수 있는 수라고 해서 많지는 않았다.

"계집은?"

"이미 들여 보았습니다. 방중술을 익힌 최상의 여인을 들였건만…… 소용이 없습니다."

남자를 타락하게 하기 가장 좋은 여자도 먹히지 않았다.

여인의 말로는 분명 자신의 방중술을 최대한 발휘했다 하는데, 다음날 돼서 보면 정상이다 못해 팔팔해 보일 정도다.

그 또한 방중술을 익혔을 리는 없으니, 황실에서 무언가 조치를 취해주었음이 분명하다.

돈도 안 되고 계집도 안 되면 남은 수는 더욱 은밀한 수밖에 없지 않은가. 사혈련주도 처음에는 주저하였으나 달리 수가 없었다.

"으음…… 사술은 안 되는가?"

사술.

방중술을 비롯하여 잡다한 무술들을 말하기는 하지만, 주로 사람을 자신의 뜻대로 움직이게 하는 무공을 말했다.

종류는 다양했다.

고독을 이용하는 것도 있고, 특별한 주술을 사용하는 것도 있었다. 종류에 상관없이 중요한 것은 원하는 대로 사람을 조종한다는 것에 있었다.

위험부담은 있긴 했지만 먹히기만 하면 그만큼 확실한 수는 없었다.

"……시행해 보겠습니다."

사군창과 더불어서 련주에게 충성을 다하는 환노라는 자가 움직이기 시작했다.

우직하기만한 사군창보다는 환노가 이런 일에는 제격이

었다. 련주도 그라면 분명 잘할 수 있을 것이라 기대를 했다.

허나 결과는.

"……실패했습니다."

"실패라?"

이런 일에 실패를 기록한 적이 전혀 없던 환노마저도 실패라는 결과를 가져왔다.

분명 무공도 익히지 않은 자인데도 사술이 실패를 할 줄이야. 전혀 생각지도 못한 상황이다.

"어째서인가? 그는 분명 무공도 익히지 않았어."

"사술이 먹히지 않는 경우는 몇 없습니다. 아무래도…… 이곳에 오기 이전에 이미 사술에 걸린 것이 아닌가 싶습니다."

"허어……."

환노의 이야기를 듣고 보니 지금까지의 상황이 머릿속에 다시 그려지는 련주였다.

우 현령의 친우이자 이번 사혈련 조사의 조사관을 맡고 있는 그는 무언가 목적이 있다는 듯 쉼 없이 움직였다.

계집을 동원하고, 돈을 동원해도 어느 방법으로도 전혀 소용이 없었다.

'강직해서 그런 줄로만 알았건만…….'

가끔은 무공을 익히지 않아도 대쪽같은 자들이 있긴 했다. 조사관 또한 그런 자인 줄 알았다.

하지만 이제 와서 보니 그가 미친 듯 조사를 시행한 것은 그의 강직함 때문만은 아닌 듯했다.

그 자신은 잘 모른 듯하나, 그는 무언가 고급의 사술에 걸려 있었다. 그 종류가 무엇이든 환노로서도 쉽게 뚫기 힘든 그 무언가였다.

사술에 걸려서 이렇게 움직이는 거라면 일반적인 방법으로는 수가 없었다.

그가 원하는 만큼 적당히 들어 줘야만 했다. 그게 그의 의지든 아니든 물러나지를 않을 것이다.

"어쩔 수 없군……. 허웅을 데리고 오도록 하게."

"꼬리를 끊으시려는 겁니까?"

"어쩔 수 없지 않은가. 그의 가족이나 수하들에게 대가는 확실히 챙겨줘야겠지."

안 그래도 벌을 받아야 할 허웅이었다. 본디 련주도 이 정도의 벌을 내릴 생각은 없었다.

허나 상황이 복잡하게 돌아가는 것을 어찌하겠는가. 적당한 희생자가 필요한 상황이니 그만 한 사람도 어디 없었다.

"……데려 오도록 하겠습니다."

"그러도록 하게나."

입이 쓴 련주였다.

황궁에게 한 번 정도 물러섰다고 해서 흠이 되지는 않을 것이다. 어쨌든 그 또한 황궁의 신민 중에 하나이니까.

하지만 오랜 시간 다른 이들의 위에 있어본 련주는 이것 하나만큼은 확실히 알았다.

'처음이 어려울 뿐이지…….'

모르긴 몰라도 앞으로 황궁의 눈치를 꽤나 봐야 할 터다. 이번 한 번은 어찌 넘어간다 치더라도 다음이 또 없을 리가 없었다.

"무언가가 있거늘……."

황궁의 미묘한 변화가 사혈련주를 잠식하려 하고 있었다.

*　　*　　*

정우가 정의방이라 이름붙인 곳에서 정의방의 인물들은 땀을 뻘뻘 쏟아내고 있었다.

"후우…… 후우……."

"크으……."

임시거처여서 그런지 겉으로 보기에는 초라해 보이기 그

지없는 곳이었다. 하지만, 그들이 있는 곳 위로는 제갈혜미가 직접 설치한 진이 작동하고 있었다.

천재라 불리는 그녀의 진이니 천하절진이라 해도 손색이 없으리라.

"확실히 잘 먹혀들겠습니까? 힘들어 하는 것은 확실한 거 같지만……."

"먹혀들 겁니다. 이미 그분께서 사용했던 방식이니까요."

"아……."

제갈혜미가 그분이라 칭하는 자. 그는 정우가 괴물이라 칭하는 자이기도 했다. 왕정이다.

그녀는 왕정에 대한 존중 그 이상의 무엇이 있는 건지 언제부터인가 그분이라고 부르고 있었다.

"설마…… 학관에서 저런 방식으로 수련을 시켰던 겁니까?"

"예. 진으로 독을 통제하고, 그 안에서 독을 버틴 후 해독. 단순한 방법이었지요. 그걸 응용했을 뿐입니다."

그녀는 별거 아닌 듯 말하지만, 이런 응용이 쉬울 리가 없었다. 이러한 방법이 쉬웠다면 누구나 사용했을 거다.

"…… 그 녀석 방법답게 단순하나 효율적이군요."

"그런 거지요. 많이 배웠었습니다."

왕정은 독 저항 훈련에 사용했던 방법이지만, 제갈혜미는 여러 다른 분야에 활용을 했다.

그녀는 무공의 종류를 가리지도 않았다.

외공에는 환영에 관련된 진을 이용한 그녀다. 어디서 무엇이 튀어 나올지 모르니 그 난이도가 자연스레 높아진 셈.

같은 무공을 익히더라도 어렵게 익히게 되면 빠른 성장을 할 수밖에 없는 터다. 그녀는 그런 방식을 사용했다.

이런 식으로 경공에 이어서, 검술에서 도법까지. 할 수 있는 한 모든 무공을 난이도를 높여 수련을 시키는 그녀였다.

그 덕분인지 그녀의 절진에서 수련을 하는 정의방의 사람들의 수련 속도가 괴이막측할 정도로 크게 올라가기는 했다.

대신에 후유증은 보통이 아니었다.

아칠을 비롯하여 몇 안 되는 의술을 익힌 의원들이 매일같이 밤새 치료를 할 정도라면 알 만하지 않은가?

오직 수련만을 위해서 사람을 극한까지 몰아붙이는 이 방법은 일견 잔인해 보일 수도 있는 수였다.

그럼에도 그녀는 무사들이 고생하는 것을 바라보면서도 조금의 표정 변화도 없었다.

되려 눈앞에서 처절해 보일 정도의 수련도, 왕정이 학관에서 하던 독 저항 수련보다는 약하다고 생각하고 있던 그녀였다.

"……."

그녀의 그런 모습을 보며 정우가 조금은 퉁명스레 말한다.

"후우…… 이상한 것만 전염시킨다니까요. 그 녀석도……."

"그런가요?"

"예. 녀석은 별거 아닌 듯 하는 게 획기적일 때도 있고…… 또 때로는 상식을 깨서 혼란을 주기도 하니까 말입니다."

"그게 그분의 매력이겠지요."

뭐라고?

정우는 순간 제갈혜미의 말에 그리 외칠 뻔했다. 왕정의 예상치 못할 괴이막측함을 매력이라고 하다니!

근래에 들어서는 왕정의 뺀질뺀질함과 능글맞음을 배워 가기는 하는 정우 자신이다. 허나 그렇다 해도 한도가 있는 거 아니겠는가.

그게 매력이라니!

'빠졌어. 완전히 빠져 버린 거야. 무림에서…… 천재라고 불리는 여인이 어쩌다가…….'

고개를 절레절레 흔들기까지 하는 정우였다.

아무래도 정우가 모를 왕정의 묘한 매력이 여인들을 이상하게(?) 변화를 시키는 게 아닌가 고민이 될 정도였다.

"……매, 매력이라……."

"왜 아니겠어요? 후후. 정우님도 아시잖아요?"

"……모릅니다!"

왕정이 매력 있는 녀석이기는 하다. 하지만 여기서 인정을 해버리게 되면 뭔가 이상해질 듯한 기분은 왜 드는 것일까?

"그럼 저는 이만…… 일이 있어서 먼저 가보겠습니다."

"후후……."

그가 급하다는 듯 몸을 운직인다. 당황스러운 상황이니 그를 피하고자 하는 것이 눈에 뻔히 보일 정도다.

왕정의 묘한 매력(?)이 정의방에까지 퍼지고 있었다.

第十章

묘한 움직임

북경의 어딘가.

유흥으로 그 어느 곳보다도 유명한 곳이어서 그러한 것일까? 사혈련주가 가진 대전 이상으로 화려한 곳이었다.

그 크기도 보통을 넘어 단 하나의 건물이라기엔 너무 컸다.

그 높이만 보아도 5층을 넘어섰다. 하늘에 닿을 듯한 높이를 보고 있노라면 중원의 마천루(摩天樓)라고 하기에 딱 어울리는 곳이리라.

보통 공을 들여서 지은 건물이 아니었을 게 분명하다. 그곳에서 여인의 달뜬 음성이 마천루 안을 가득 채우고 있었다.

"하으읏…… 더!"

여인은 부끄럽지도 않은 듯 나신을 가리지도 않은 채로 단 한 순간의 쾌락을 즐기고 있을 뿐이었다.

"……흐으."

쾌락을 느끼는 것 자체를 부끄러워하는 다른 여인들과는 다르게 여인은 되려 자신의 상대를 더욱 재촉했다.

그런데 이게 무슨 일일까?

그녀를 상대하고 있는 사내는 쾌락이 아닌 고통을 느끼는 듯 찡그린 표정만을 짓고 있었다.

누가 보아도 그의 모습은 결코 지금을 즐기는 자의 모습이 아니었다.

"하아……."

상대가 고통스러워하는 것을 더욱 즐기는 듯 여인은, 더욱 달뜬 신음을 내뱉었다. 그것이 교합의 끝이었다.

"헉. 허어억……."

쾌락 어린 신음이 아닌, 고통에 찬 신음을 내뱉던 사내는 그대로 각혈을 했다.

"못난 것."

여인은 그것을 미리 예견한 듯, 천을 움직여 각혈을 막아내고는 흐트러진 몸을 정리할 뿐이었다.

누가 보아도 비정상이기만 한 상황이었다.

허나 그럼에도 그녀의 바깥에서 대기하고 있던 시비들은, 이 상황이 익숙한지 아무 말 않고 정리를 할 뿐이었다.

죽었을지 모를 사내를 치우는 것조차도 아주 자연스러워 보일 정도였다. 분명 한두 번 있는 일이 아니었다.

여인은 시비들의 움직임이 만족스러운 것인지 고개를 한 번 끄덕이고는 바깥으로 나아갔다.

그리고 그곳에는 황제의 사람이었을 것이 분명한 관복을 입은 사내들이 몇 있었다.

"오셨습니까?"

"평안하셨는지 모르겠습니다."

이게 무슨 상황인가.

총 다섯인, 그들은 오롯이 황제에게만 숙여야 할 고개를 자연스레 그녀에게도 숙이고 있었다.

평소 이들의 꼿꼿함을 보았던 다른 사람들이라면 지금 이들의 모습을 보고서는 놀랄 것이 분명했다.

누구 하나 북경에서 알아주는 자리를 차지하지 못한 자가 없었다.

"호홋. 좋았습니다. 대감들이 있는데 좋지 않을 리가 있겠습니까?"

그녀는 그들의 그러한 모습이 만족스러운 것인지 한껏 웃어 보일 뿐이었다. 그녀가 사근사근한 목소리로 묻는다.

"자아, 이제 사혈련도 흔들었으니 다음으로 가야겠지요?"

"여부가 있겠습니다. 차곡차곡 준비하고 있습니다요."

"호호. 아주 만족스럽사와요."

그녀가 은근한 눈빛으로 답을 한 관리 중에 하나를 바라본다. 그녀에게 만족스러움을 주었으니 그녀 또한 보답을 해주겠다는 눈빛이었다.

"흐으……."

보답을 생각하니 달아오르는 것인가. 사내는 벌써부터 달뜬 신음을 내뱉을 정도였다.

"자아…… 그럼 다른 분들은 어떤 선물을 준비해 오셨는지요? 호호."

여인의 웃음 하나, 눈짓 하나에 사내들이 무너져 내려간다.

황권이 살아 숨 쉬어야 할 북경의 어딘가에서 여인의 치마폭에 관리들이 무너져 내려가고 있었다.

*　*　*

"그게 그대의 선택인가?"

무림맹 맹주 이철원은 생각지 못한 일을 당한다는 듯 씹어 삼키듯 말을 내뱉었다. 그의 표정에는 놀라움 또한 함께였다.

다른 이라면 몰라도, 지기라고 생각했던 관철성 관언으로부터 이러한 말을 들을 줄은 생각도 못한 듯했다.

맹주의 서슬 퍼런 눈빛이 두려울 법도 하건만 관언은 여전히 꼿꼿했다.

"맹주의 방식이 나쁘다고는 하지 않겠소이다. 분명 맹주 또한 대의를 가지고 움직여 왔음이 분명하니까."

또한 전에 없던 도전적인 태도이기도 했다.

얼마 전 무림맹을 나서기 전까지만 하더라도 맹주에게 공손하기만 하던 관언의 모습이라기엔 전혀 다른 사람처럼 보일 정도다.

"……뜻을 같이 한다 생각했네. 그럼에도 왜 그런 선택을 한 것인가?"

"분명 뜻을 같이 했지요."

부침이 많았던 무림맹이다.

이철원이 아무리 입지적인 인물이었다고는 하나, 그를 견제하면서 동시에 자신의 이득만 챙기는 구파일방과의 조율은 쉬운 일이 아니었다.

그러한 일이 쉬웠더라면 진즉에 무림맹은 사혈련을 물리

칠 수 있었으리라.

하나로 합일된 무림맹에게는 분명 그러한 힘이 있었다. 하지만 결론적으로 이철원은 무림맹의 합일을 이뤄내지 못하였다.

겉으로는 하나였으나, 분명 얼마 전까지의 무림맹은 분열되어 있었다.

왕정이 공적이 되던 그 일은, 단지 그동안 곪아 왔던 무림맹의 진면(眞面)이 표출된 모습 중 하나일 따름이었다.

그때부터 관철성 관언은 한때 뜻을 같이하기만 하던 무림맹주에게 실망을 느꼈다.

"하지만 실패를 했지 않습니까?"

"실패인가?"

관언이 단언하듯 말했다.

"그렇습니다. 무림맹을 정치적으로 조율한다는 방식은 실패한 겁니다. 인정하시지요. 파벌만 만들었을 뿐입니다."

"허허…… 실패라……."

소림성의 속가제자 출신으로 중년이란 나이에 맹주가 되었던 터다.

진심으로 사랑했던 여인과 함께 이룬 가정을 등한시 할 정도로 무림맹을 위해 애써 왔다 자부할 수 있는 맹주였다.

가정보다 무림맹이었기에, 하나뿐인 딸아이와의 관계조

차도 틀어졌을 정도다. 그런데 그 결과가 실패인가?

"허허……."

다시금 헛웃음을 지을 수밖에 없는 맹주였다.

맹주의 방식으로 무림맹을 통합하는 것이 실패했다는 것은, 곧 그의 인생의 반을 건 일이 실패했다는 것과 다름없는 말이기에 그러한 것이리라.

"맹주……."

관언 또한 그런 그의 내심을 알기에 잠시 안쓰러운 눈빛으로 맹주를 바라보았다. 그러다가 이내.

'매듭을 지어야겠지.'

그는 새로이 자신이 떠안았다 할 수 있는 과업을 위해서라도 다시금 단호한 표정을 지었다.

"무림맹을 통합하겠다는 맹주의 대의가 틀린 것은 아니오. 허나…… 실패는 어쩔 수 없는 실패이기에 다른 방법을 선택하려 하오."

"……좋네. 실패라고 함세."

맹주로서는 어려운 인정이었을 거다. 아니 실패라 말하는 것 자체가 고통이었으리라.

허나 그는 소인배만은 아니었기에, 관언에게 되물었다.

무림맹을 통합하고자 하는 자신의 방식이 실패라면 관언의 방법은 무엇인지를 듣고 싶었으리라.

"그렇다면 그대가 하는 것은 전혀 다른 방식인가? 당가와 같은 파벌을 만드는 것이 아닌가?"

"저희가 하는 것은 다릅니다."

말을 씹어 삼키기만 하던 맹주가 크게 소리친다. 역성이라 할 정도다.

"다르다고? 무엇이 다르단 말인가? 그대가 지금 하는 것은 단지 또 하나의 파벌을 만드는 것뿐 아닌가?"

"파벌이라…… 그렇게 보실 수도 있겠지요."

"당가가 파벌을 만들 때도! 그대가 사혈련과의 전장에 다시 나설 때도! 정의방이라는 나부랭이들이 모일 때도! 나는 가만 지켜보았을 따름이네."

맹주의 말은 기슴 깊은 곳에서부터 외치는 말이었다.

비록 실패했으나 맹주의 대의는 진짜다. 무림맹에 모든 것을 걸었던 그는 분명 실패자이되, 존경받아 마땅한 자다.

서로 다른 노선을 걷게 된 관언이지만 맹주에 대한 인정만큼은 하지 않을 수가 없었다.

"……압니다. 분명 맹주가 감내해왔던 세월을 인정합니다."

"그래. 그것 또한 통합해 내야 하는 것이 맹주로서의 숙명이라 생각했으니까! 딸아이가 떠나도 잡지를 않았어!"

"압니다! 맹주의 거룩하리만치 숭고한 희생을 안다 이 말입니다!"

관언 또한 그것을 알았다. 허나 끝맺음은 제대로 지어야 했다.

"그런데도…… 왜 그리 말하는가. 단지 실패라고만 하기에는 우리의 대의가 있지 않은가?"

"실패도 좋고, 대의도 좋습니다. 허나 결과가 너무 좋지 못합니다."

"그래서? 그래서 다른 파벌을 만들겠다는 건가?"

"아닙니다. 정의를 바로 세우려고 합니다. 곪아터지다 못해 무너져 내려가는 무림맹을 처음부터 다시 세워보려 합니다."

관언이 무림맹에 사형선고를 내렸다. 아니, 더 이상은 존재 의의마저 없다는 듯 단언을 해 버렸다.

"……."

그에 침묵하는 맹주다. 평생을 다 받쳤던 무림맹이 곪다 못해 터져버렸다는데 무슨 말을 하랴.

"맹주라면 개방으로부터 소식을 들었겠지요?"

"그렇네……."

"주변이 수상합니다. 내부에서부터 무림맹을 바로 세우는 것이 안 된다면 외부를 이용하는 것도 방법이 아니겠습니까?"

"……외환(外患)을 이용하자는 것인가?"

"아무렴요. 평화가 너무 길기도 하였습니다. 새로운 환란을 물리치며 다시 재정비할 때가 오지 않았습니까?"

"허허…… 전귀라 불리던 그대다운 방법이로군."

언젠가 다시 설 전장.

그곳을 통해서 무림맹을 다시 세우고자 하는 것이리라. 그것이 전귀라 불리던 관언의 방법이다.

또한 그가 새로 등에 업은 점창과 아미 그들이라면 분명 도움을 주리라.

"허락해 주시겠습니까?"

"……이미 내게 그걸 막을 힘이 없지 않은가."

오롯이 무림맹 출신인 관언에 의하여 무림맹이 변화하기 시작했다.

또한 무림의 평화를 수호하기 위하여 모였다 말하는 무림맹이 평화가 아닌 전쟁을 원하고 있는 모순을 말하고 있었다.

과연 관언의 대의가 옳은 것이라 해도 이것이 옳은 방법일지는 아직 아무도 알 수 없으리라.

황궁이 있는 북경에서 피어나고 있는 암화(暗花).

대의는 같되 새롭게 바뀌기 시작하는 무림맹과 생각지 못한 시련에 잠시 흔들리고 있는 사혈련.

셋의 톱니바퀴가 한 가지 파국만을 원하는 듯 아울러 돌아가기 시작하고 있었다.

*　　*　　*

"하압!"

권법을 익히도록 할 필요는 없었다. 연독기공은 전해지지 않았어도 독존황이 사용하던 권법은 여전히 남아 있었다.

하기사 권법의 경우에는 연독기공만큼이나 대단한 무공은 아니었다. 남아 있어도 무리가 없다 볼 수 있었다.

덕분에 왕정이 운민에게 가르쳐야 할 것은 독공으로 충분했다.

헌데 독공을 가르치고 보니, 그 기초가 문제였다.

"음…… 뭔가 부족한데요?"

—처음 익힌 것이지 않느냐. 그래도 네가 처음 할 때보다는 빠르구나. 후후.

순간 자신이 처음 무공을 익힐 때가 생각이 나는 왕정이었다.

지금이야 절정을 넘어 초절정에 다다른 자신이라지만, 처음부터 무공을 쉽게 게 익혔던 것은 아니다.

기감만 하더라도 그를 익히기 위해서 온갖 애를 써야 했던 자신이지 않은가.

그에 비하면 기감의 단계는 이미 넘어선 지 오래인, 운민의 속도는 배 이상은 되리라.

"으으…… 저야 워낙에 괴이막측할 정도로 운이 없잖아요? 뭐 하나 하려고 하면 죽을 고비고요."

—허허. 그게 네 팔자려니 하기로 하지 않았더냐?

"……뭐. 그렇기야 하죠. 쉽게 사는 게 참 힘든 일이라니까요."

—전해졌을 거라 여겼던 연독기공도 전해지지 않은 것을 보면…… 그런 것 같기는 하구나.

아직까지도 씁쓸해 하는 것인가.

하기야 무공을 전수하기는 했으나 이제 시작일 따름이다. 제대로 전했다고 하기에는 기초조차도 확실하지 않다.

왕정이 도와주기야 할 테지만 한참은 더 갈고 닦아 줘야 하리라.

'문제는 시간…….'

운민은 봄에 있을 시험에 신경을 쓰고 있었다.

허나 아무리 왕정 이상의 재능을 가지고 있는 운민이라 할지라도 한계가 있다. 실력을 더 쌓기에는 절대적으로 시간이 부족했다.

시험에 나가려는 그녀를 설득하는 것도 자신의 숙제이리

라.

“흐아. 할 일은 많지만 일단은 기초부터 제대로 해줘야겠네요. 어째 먼저 익힌 하위 무공이랑 연독기공은 잘 안 맞는 거 같은데요?”

—독막과 같은 갈래에서 나온 것이다. 연독기공과는 본류가 미묘하게 다르지.

“흐음…….”

연독기공은 독 자체를 지배하는 독공이다. 흡독에 특화되어 있으며, 어떤 독이든 자신의 것으로 한다.

허나 독막과 같은 갈래에서 나왔다 하는 운민의 내공심법은 달랐다.

독 자체를 지배하는 데 중점을 둔 무공이 아니었다. 독을 흡수함으로써 생존을 하는 데 중점을 둔 무공이었다.

동일한 이야기 같지만, 결국은 다른 의미다.

때로 무공이라는 것은 어떤 것을 목적으로 만들어졌느냐에 따라 그 결과물이 판이하게 다르기도 하니 말이다.

“그럼 우선은 할아버지가 말했던 그 방법이 최고겠지요?”

—아무렴. 처음부터 다시 쌓듯 시작하는 것이 안전하기도 하다. 문제는 저 아이가 동의를 하냐는 거겠지.

전혀 다른 성격의 무공을 익히는 것이 쉬울 리가 없다. 운민의 재능은 왕정의 배 이상이지만 다른 무공을 익힌 것이 문제였다.

그러니 답은, 처음부터 다시 시작하는 것이다. 그것을 위해서는……

'어마어마한 고통…… 그리고 새로운 시작이 문제겠지.'

당장에 얻는 것에 비해서 잃어야 할 것이 너무 많다. 허나 아무리 생각해도 독존황의 방법이 나았다.

"후우…… 음? 사조님?"

한숨을 내뱉으며 눈을 뜨는 운민에게 왕정이 조심스레 다가갔다.

연독기공을 이제 막 익히기 시작한 데다가, 본래부터 익힌 내공심법 때문에 수련 자체에 어려움을 느끼고 있는 운민이다.

심법을 익힌 후의 상쾌함보다는, 앞으로 어찌해야 할지 걱정하고 있는 그에게 왕정이 입을 열었다.

"수련이 더디지?"

"……예. 새로 무공을 익히는 것이니 그런 게 아닌가 생각합니다."

공손하되, 불만이 어려 있었다. 왕정에 대한 불만이 아니라, 무공을 제대로 익히지 못하는 자신에 대한 불만이리라.

"그게, 쉽게 익힐 만한 방법이 있기는 한데……."

왕정의 말에 그녀의 눈이 크게 뜨여진다.

"무슨 방법이지요? 그게 뭐든 할 수 만 있다면!"

"꽤 고통스러운 방법이야. 게다가…… 처음부터 다시 시작해야 하는 것이기도 하고."

왕정의 설명이 이어진다. 그의 입술 사이로 흘러나오는 설명이 차분히 이어질 때마다 그녀의 표정이 일변한다.

때로는 놀람으로, 또 때로는 기대로.

복잡하기만 한 표정을 짓던 그녀가 설명이 끝나자마자 단호하게 말했다.

"하겠습니다."

"괜찮겠어?"

"예. 그 외에 선택은 없으니까요. 봄까지 할 수 있는 모든 것을 할 겁니다. 그래도 안 된다면……."

뒷말은 삼키는 그녀다. 차마 실패를 끝까지 입에 담고 싶지는 않았던 것이리라.

왕정은 그런 그녀의 내심을 이해했기에 달리 말을 하지는 않았다. 다만 조용히 물러나 그녀를 위한 준비를 시작했을 뿐이었다.

第十一章

각오가 섰는가?

독존황의 말에 따라 왕정은 금지에 있는 독물들을 모았다.

칠점사와 같은 독사는 우습게 잡아먹을 독사들에서부터 시작해서, 자기 몸보다 배는 큰 야수를 잡아먹을 벌레들까지.

단 하나만 중원에 퍼졌어도, 사달을 일으킬 만한 것들이 토행공을 이용하여 만든 구덩이 안에 하나둘씩 차분히 쌓여 나갔다.

평소라면 그것들의 독을 흡수했을 왕정이나 이번만은 달랐다. 이번은 자신을 위해서가 아닌 다른 이를 위한 쓰임이 있었다.

치이이이……

그가 구덩이에 손을 넣어 진기를 돌리기 시작하자 독물들이 본래부터 그리했다는 듯 녹아들어 가기 시작했다.

시체였던 그것들이 빠르게 시간을 돌리기라도 한 듯, 썩다 못해 액화가 되어버린다. 순식간에 일어난 기사(奇事)다.

허나 일을 벌이는 왕정이나, 그것을 바라보고 있는 운민이나 놀라는 기색은 전혀 없었다. 당연한 것을 본다는 태도였다.

—이제는 시작해야 할 때가 왔구나.

쪼르르르……

독액이 가득 담긴 곳에 마지막 물을 가져다 붓는 것으로 모든 준비가 끝이 났다. 시작할 때가 온 것이다.

"이 독물에 들어가게 되면…… 모든 독이 타버릴 거야. 이왕이면 내가 흡독을 하고 싶지만…… 그것 어느 정도 단계가 지나야 하거든."

내공을 흡수하는 건 흡정대법이나 가능한 일이다.

천하의 연독기공이라 해도 독공을 익힌 상대의 내공 일부가 아닌 전체를 흡수하는 건 지난한 일이다.

그 일을 쉽게 하기 위해서 이 독물을 준비한 것이다.

"……꽤나 고통스러울 거야."

"괜찮습니다. 각오한 바이니까요."

스르륵.

어차피 녹물에서 녹아들 의복이어서일까. 그녀가 한 점의 부끄럼도 없다는 듯 하얀 나신을 드러낸다.

'으음…….'

이미 예상을 하고 있었던 바이지만, 역시 직접 보는 것은 너무 큰 자극인 것일까. 잠시지만 움찔한 왕정이었다.

그녀는 잔뜩 긴장을 한 것인지, 왕정의 그런 기색도 읽지 못한 채로 안으로 들어섰다.

목욕이라도 하러 가는 듯 여전히 침착한 모습이었다.

"으……."

허나 독물로부터 전해지는 고통까지는 그녀도 어찌할 수 없었을 것이다. 보통 사람이 견딜 독물이 결코 아니다.

"어서 운공을 해! 죽을 수도 있단 말이다!"

보통처럼 연독기공을 운기하는 것이 아니다. 지금 이 순간에는 연독기공을 역으로 운기해야만 했다.

그녀가 해야 하는 것은 흡독이 아닌 배출이었기 때문이다. 그동안 그녀가 쌓아 온 모든 내공과 독을 역으로 배출해야 했다.

"으……예……."

계속 신음하던 그녀가 이내 초인적인 인내심을 발휘하여 연독기공을 역으로 돌리기 시작했다.

고통스러운 와중에서도 운공을 한다는 것 자체가 그녀가 가진 인내심을 보여주는 일면이리라.

일각. 이각…… 반각.

스으으으……

길게 이어질 것만 같았던 운공이었으나, 끝끝내 한 시진을 채우지는 못했다. 예정보다 못한 시간.

그런데 그 독물의 사이에서 그녀가 쓰러져 버렸다.

"이런!"

—어서 움직이거라!

왕정은 독존황의 말보다도 빠르게 그녀를 향해 쏘아져 나갔다.

스으.

순식간에 그녀에게 고통을 주던 주변의 독수(毒水)를 흡수해내는 왕정이었다. 그는 동시에 나신이 된 그녀에게 손을 가져다 대었다.

티끌 하나 없는 그녀의 나신을 즐길 틈도 없이, 안의 내공부터 살피는 그였다.

'젠장. 숫제 날뛰고 있군.'

분명 좋은 상황이 아니었다. 자신들을 내보내지 말라 내부에서부터 반항이라도 하는 듯한 모양새다.

배출하기 위해서 연독기공을 역으로 돌렸건만 내부의 독들이 배출되지 못하고 있었다.

그가 그녀를 진맥하는 와중에서도 그녀의 온몸에서는 중독 증세가 일어나고 있었다.

기포가 일어나고, 하얗기만 하던 나신이 곪아들고 있었다. 이대로 두게 된다면 그녀는 분명 중독되어 죽을 것이다.

"후우…… 한번 움직여보죠."

자신이 언제 일 한 번 쉽게 한 적이 있었던가. 요즘 들어 조용하게 사는가 했더니, 결국 사건이 터졌다.

그렇다고 손 놓고 가만히 있을 수는 없지 않은가.

'그녀를 구할 것이다. 어렵게 이어진 인연이 아닌가.'

스으으으으.

그녀의 온 몸에 퍼진 독을 연독기공의 공능으로 흡독을 한다. 동시에 의념을 나누어 아칠로부터 기공법을 이용하여 치료를 함께하는 왕정이다.

살리겠다는 의지. 오직 그 의지 하나만이 왕정을 지배하고 있었다.

*　　*　　*

분명 긴박한 상황이었다.

조금만 더 잘못되었다가는 그녀는 목숨을 잃었을지도 모

를 일이었다. 아니 그동안 쌓아 온 왕정의 경험이 조금만 적었더라면, 그녀는 분명 죽었을 것이다. 그가 겪은 많은 경험과 지식, 응용이 그녀를 살려 주었다.

죽을 고비를 넘기고서 이제야 제 안색을 찾기 시작하는 그녀를 안쓰러운 듯이 바라보는 왕정이다.

"이 사람도 고생이네요."

—허허…… 그렇구나.

거처에 들이고는 얼마나 지켜보았을까. 몇 시진은 벌써 지났을 것이다.

그럼에도 그녀는 죽을 고비를 넘긴 탓에 후유증이라도 있는 것인지, 한참이 되어도 눈을 뜨지 않고 있었다.

그녀가 눈을 감은 채로 첫째 날의 하루가 지나갔다.

다시 며칠이 흘러갔다.

그녀는 여전했다. 깨어나지 못했고, 안색만 정상으로 돌아왔을 뿐이었다. 그런 그녀를 위해 왕정은 쉼 없이 움직였다.

스으으.

진기를 주입하고, 그녀를 살펴보는 왕정이었다. 수련도 수련이지만, 틈날 때마다 그녀를 살피었다.

달그락거리는 소리를 내며 그녀에게 미음을 건네는 왕정이다.

그녀가 아직 의식을 찾지는 못했지만 세심하게 혈도를 조절함으로써 미음을 먹일 수는 있었다.

진기만으로는 건강을 유지할 수 없기에 이렇게라도 해주는 것이다.

"후우…… 다음은 추궁과혈이려나요."

—그래야겠지.

진기를 새로이 쌓아가는 그녀가 아니었던가. 너무 강한 충격은 되려 좋지 못하기에 조절하는 것이다.

고로 추궁과혈이라 말하지만 안마 정도의 수준이다.

나신이 된 그녀의 몸에 조심스럽게 진기를 주입해가며, 추궁과혈을 시작하는 왕정이었다.

친인이라도 되는 듯 세심하기 그지없는 손길이었다. 독존황과 인연이 있는 여인이라 할 수 있기에 더욱 정성스러울 수도 있으리라.

허나 정성이라는 것은 때로 감동이 아닌, 다른 감정을 주기도 하는 터다.

'부끄러워…….'

잠시 전 정신을 차린 그녀로서는 당장 눈을 뜰 수가 없었다.

추궁과혈을 하는 왕정의 손길에 몸이 내어진 채로 눈을 뜨기엔, 그녀로서도 큰 각오가 필요할 테니 이해는 갔다.

'……그래도 따뜻하기는 하네.'

추궁과혈이 시작된 지 얼마나 지났을까? 뭐든 시작이 있으면 끝도 함께하는 법이다.

"후아…… 오늘은 드디어 끝이네요."

—그러하구나.

꽤나 신경을 쓴 덕분인지 왕정의 이마에는 땀이 송글송글 맺혀 있었다. 정성만큼 고생을 한 것이다.

'태사조님과 이야기를 하는 걸까?'

왕정의 혼잣말에 잠시 궁금증을 가져보는 운민이었다.

문파 최고 무공인 연독기공을 사용하는 것으로 보아, 그는 확실히 일독지문과 인연이 있는 자이긴 했다.

하지만 그냥 믿기엔 확실히 기사(奇事)이지 않은가.

사혼방의 방주도 무공을 되찾기 위한 주술이 이런 식으로 발현될 거라고는 생각지도 못했을 것이다.

신기하고, 따뜻한 사람.

그것이 그녀가 왕정에게 느끼는 감정의 결론이었다.

정성스레 간호하는 그의 따뜻함을 느끼는 것도 좋지만, 지금은 시간이 없었다. 봄에 있을 시험을 위해서는 하루라도 더 노력을 해야 할 터.

눈을 뜰 시간이 왔다.

"으음……."

조심스럽게 신음을 내며 자신이 깨어났음을 알리는 운민이었다.

"아! 일어났구나."

소리를 들은 왕정이 그녀에게 다가간다. 잠시지만 따뜻했던 시간이 지나갔다.

* * *

"다시 시작해 보자. 독물은 내가 구해 올 테니까."

"……예. 감사합니다."

어설프기만 했던 반말도 이제는 자연스럽게 하는 왕정이다.

처음에는 반말을 할 생각이 없었으나, 사조에게 존대를 들을 수는 없다는 그녀의 완강함에 시작한 것이었다.

대화, 생활, 수련. 그 모든 것들이 시간이 지나갈수록 서로간에 조금씩 자리를 잡아가는 둘이었다.

"그럼 먼저 가보도록 할게."

왕정이 그녀를 위한 독물들을 구하기 위해서 움직인다. 그녀가 흡독할 독을 구하러 가는 것이다.

"후우……."

그런 그의 뒷모습을 바라보던 그녀는 이내 자리를 잡고는 연독기공을 운용하기 시작했다.

'바로 느껴진다…….'

전에 있던 심법의 기운을 전부 지워버린 덕분인지, 확실히 수련의 속도가 빠르기는 했다.

그녀의 재능은 분명 비범한 터다.

게다가 연독기공과 상성도 좋았다. 연독기공 자체가 그녀의 가문에서 만들어진 것이니 당연한 일일지도 몰랐다.

이대로라면 전보다 빠른 성장이 분명 가능할 것이다.

'하지만 시간이 부족해…… 그래도 해야겠지.'

그녀가 심법에 완전히 집중하기 시작한 것은 그야말로 순간이었다. 왕정이 오는 그 시간까지 하루 종일 연독기공을 돌리고 또 돌리리라.

새벽부터 오후에 이르기까지 연독기공을 돌리고 나면 그 뒤부터는 초식의 수련이었다.

권법 자체는 왕정보다 깊게 익혔다지만, 경지의 차이가 있지 않은가. 왕정으로서도 그녀에게 가르칠 것은 많았다.

"아래!"

"으윽……."

미리 예고를 해도 막기 힘든 것이 현재 왕정의 권법이었다.

초절정에 이르기까지 부족하기만 했던 권법이지만, 독존황의 도움 덕에 빠르게 성장을 한 덕분이다.

게다가 독존황은 권법은 물론이고 때로, 연독기공 자체의 운기법을 다시금 잡아주기도 했다.

독존황보다는 경지가 낮았던 왕정이 무심코 하는 실수들을 되잡아줌과 동시에, 자신의 경지까지 이르는 길을 몸을 통해 직접 보여준 것이다.

덕분인지 그의 성장 속도는 전에 비해서 수배 이상 빨라진 터다. 모두 독존황의 세심한 가르침이 있어서다.

상황이 이러니 그녀가 쉽게 왕정의 공격을 막을 수 있다면 그게 더 이상한 상황이었다.

차악.

왕정이 신경을 써 줬다고 하더라도 맞은 곳이 고통스러울 법도 하건만 그녀는 다시 자세를 잡았다.

계속해보자는 신호다.

"눈이 아닌 감으로 피해야 해."

"예!"

그는 충고를 하면서 동시에 그녀를 향해 다시금 쏘아져 나갔다.

안쓰럽지 않냐고? 여인과 대련을 하면서 신경이 쓰이지 않느냐고? 당연히 신경이 쓰인다. 쓰이지 않을 리가 없었다. 하지만.

'시간이 얼마 없으니까…….'

그녀와 그에게 주어진 시간이 많지 않았다. 그녀의 바람은 봄에 예정되어 있는 시험에 그녀가 나서는 것이다.

남쪽에 치우쳐 눈조차도 잘 내리지 않는 독곡이지만, 내리는 눈에 상관없이 분명 봄은 다가올 것이다.

그때까지 확실히 무공을 익혀야만 했다.

"오른쪽!"

"……크윽."

"다시!"

무너지고, 또 무너져 내린다. 때로는 비틀거리면서도 악바리처럼 버티는 그녀다.

노력하고 또 노력하는 그와 그녀다.

허나 아무리 노력한다 해도 부족한 시간은 어쩔 수 없을지도 몰랐다. 그녀의 바람이 이루어질지는 더 지켜보아야 할 듯했다.

심법, 권법, 대련.

독물을 흡수하는 것으로 식사를 대신할 정도로 극한의 수련이 계속해서 이어져 나갔다.

세 가지를 집중적으로 하는 수련이다 보니 매일같이 쌓이는 피로도가 보통일 리는 없는 터다.

건장한 남자의 몸이라 할지라도 힘들 일일진대, 이제 막 성년이 된 그녀가 쉽게 받아들이기는 힘들 수련이다.

때문에 수련의 후에는 매일같이 추궁과혈을 해주는 왕정이었다.

누적되는 피로를 생각하면 꼭 해야만 하는 일이었다. 허나 왕정으로서는 괜스레 어색해지곤 하는 순간이기도 했다.

"……하긴 해야지?"

"예."

스르륵.

추궁과혈을 위해서는 어쩔 수 없이 나신을 드러낼 수밖에 없었다. 의복을 입고 추궁과혈을 하면 효율이 떨어지기 때문이다.

어쩔 수 없는 일이었다. 당장에 한시가 급한 상황이니, 효율성이 있는 방법이라면 무엇이든 사용할 수밖에 없었다.

'후우…… 피로를 풀어주기 위함이니까…….'

그녀를 간호할 때야, 그녀가 정신을 잃은 데다가 상황 상 어쩔 수 없다는 이유가 있기는 했다.

하지만 평소 수련을 할 때조차 이런 식으로 추궁과혈을 해야 하니 왕정으로서는 어색하지 않으면 그게 더 이상했다.

그도 이제는 성년이 지난 청춘이지 않은가. 아름다운 나신을 보고 가슴이 떨리지 않을 수가 없었다.

"……되었습니다."

운민도 그의 그런 기색을 전혀 눈치채지 못한 것은 아니었다. 그래도 상황상 둘 모두 티를 낼 수는 없는 상황이었다.

"후우."

왕정이 정신을 차리려는 듯 심호흡을 하는 것조차도 못 들은 척 넘기는 그녀였다.

이내 그의 따뜻한 손길이 그녀를 세심하게 주무르기 시작한다. 간호를 할 때와 같이 정성스러운 손길이었다.

어색함이 커져가는 만큼이나 정성을 다하기에 나올 수 있는 손길이었다.

"……아읏."

"하으으……."

애써 참으려고 했던 그녀지만 추궁과혈을 받으며 풀어지는 몸에 자연스레 신음이 새어 나오는 것까지는 어쩔 수가 없었다.

어색하기만 했던 시간도 결국 지나갔다.

"끝!"

한 판의 대련보다도 어려운 전투라도 치른 듯 온몸이 땀에 절은 왕정이었다. 매일 추궁과혈하는 것이 그라고 해도 쉬울 리가 없었다.

"……감사합니다."

"뭘. 당연히 해야 하는 거지. 그러면 먼저 쉬라고."

그도 그 나름의 수련을 해야 했다.

아니, 운민에게 쓸 만한 독물들을 가져다주려면 부지런히 움직여야 했다.

금지에 있는 독물들의 경우에는 연독기공을 일정 이상으로 익힌 자들을 위한 독물들이 즐비할 뿐이었다.

처음 연독기공을 익히기 시작한 그녀의 성취에 걸맞은 독물들의 경우에는 되려 금지에서 적은 수를 차지하는 터.

그러니 왕정으로서도 많은 시간 공을 들여야만 그녀를 위한 독물들을 구할 수 있었다. 때문에 왕정으로서는 바삐 움직여야 했다.

"그럼 쉬라고. 또 몰래 수련하면 혼날 줄 알아."

"……예."

그가 개구쟁이라도 되는 듯, 장난스러운 표정으로 다시 묻는다.

"약속이다?"

"꼭 지킬게요."

운민의 대답이 마음에 들었는지 고개를 끄덕이면서 경공을 펼쳐 멀어져 가는 왕정이었다.

"……."

그런 그의 뒷모습을 한참이고 바라보는 운민이었다. 그가 완전히 사라지는 긴 시간 동안 아주 오래.

*　　*　　*

시간은 쏜살같이 흘러갔다.

둘 모두 매일을 오직 수련에만 집중을 하니, 다른 이들보다 더욱 빠르게 지나간다고 느끼는 것일지도 몰랐다.

'벌써…… 봄이 다가온다.'

왕정의 세심한 지도와 그녀의 끊임없는 노력 덕분에 하루하루 실력이 달라져 가는 운민이다.

하지만 시간이 지나가면 지나갈수록 그녀의 표정은 점점 어두워졌다.

'……어쩌지.'

분명 실력은 이곳에 오기 이전보다 확실히 강해졌다고 할 수 있을 정도다.

이 정도의 성취라면 이곳에 들어서기 전 걱정스럽게만 바라보던 한 노야로서도 만족을 할 것이 분명했다.

하지만 딱 그 정도다.

한 노야가 만족할 정도만으로는 부족했다. 자신이 원하는 성취는 독인을 위한 시험에 나설 수 있을 정도였다.

독막에서 독인이 출현하는 것을 자신의 손으로 막고자 했던 그녀다.

그를 통해 독막을 대표하는 독인을 통해서 독곡을 사로잡으려는 독막의 야욕을 직접 막고 싶어 했다.

하지만 현실은,

'……할 수가 없다.'

절대적 시간이 부족하다는 것이었다.

십 년. 아니 오 년만 더 있었더라면…… 그녀의 재능에 더해져 분명 성취를 이룰 수도 있었을 것이다.

하지만 늦었다. 그게 현실이다.

'어쩐다…….'

왕정 또한 그녀의 내심을 알지 못할 리가 없었다.

그녀가 제자리로 되돌려 놓아야 할 것은 연독기공과 더불어, 하나가 더 있었다. 그녀의 손으로 일독지문의 성세 또한 되찾아야 함을 그도 알고 있었기 때문이다.

하지만 그가 보기에 상황이 되지 못했다.

오랫동안 한 노야로부터 받아왔던 수련의 힘과 더불어, 끊임없는 노력 덕분에 절정의 문턱에 다다르려는 그녀다.

몇 달 만에 이룬 성과치고는 분명 빠른 성과이지만 그 정도로 독인이 될 수 있을 리가 없었다.

아니, 왕정이 가서 독인을 위해 도전을 한다고 하더라도 독인이 되지 못할 수도 있을 정도다.

그만큼 독인을 위한 시험이라는 것은 보통의 시험이 아니었다.

독곡에서도 많은 이들이 도전하고 때로 절망을 하는 것이 독인이 되는 시험이다. 쉬우면 그게 더 이상하였다.

그녀의 어두운 안색을 볼 때마다 응원을 해보는 왕정이다.

"자자, 힘내서 해보자고!"

"예!"

하지만 시간은 계속해서 다가오고 있다. 응원을 하는 것으로 그녀에게 기운을 더해 주는 것도 한계에 다다를 것이 분명했다.

결국 어느 날이 되자 그녀가 무너져 내렸다.

"왜 그래?"

그녀에게 묻고 있으나, 눈치 빠른 왕정이 그녀의 심정을 모를 리가 없었다. 결국 그녀도 한계에 다다른 것이다.

육체가 아니라 정신이 한계다.

"……됐어요."

"끝까지 노력하면 어느 순간 깨달음을 얻을 수도 있는 거라고."

"……말도 안 되는 소리인 거 아시잖아요."

깨달음이 어찌 그리 쉬울까. 왕정만 하더라도 깨달음을 얻는 매 고비마다 죽을 위험에 처하지 않았던가.

쉽게 얻어지는 것이 깨달음이었다면 중원 무림에서 고수가 아닌 자가 없을 것이다.

"……."

현실을 알기에 왕정도 침묵을 할 수밖에 없었다.

절벽의 끄트머리에 세워진 듯, 한계에 다다른 그녀가 소리치듯 말한다.

"이런 노력이 무슨 필요가 있을까요? 지금 당장에 아무리 노력해도…… 독막을 막을 수가 없다고요."

"그래도…… 끝까지 해보려 하는 게 낫지 않을까?"

왕정이 애써 달래 본다.

"아뇨. 현실적으로 힘들어요. 설사 깨달음을 얻어 절정에 이르러도…… 독막을 막지는 못할 테니까요."

"……후우."

그렇다. 이게 현실이다.

괜히 독막이 독곡의 사대 세력 중에 하나가 아닌 터. 그녀가 당장 깨달음을 얻는다 해도 독막의 운마군을 막을 수 있을 리가 없었다.

그래도 그와 그녀는 끊임없이 노력했다.

'기적을 바라서가 아니었다.'

그 모든 것은 독막의 야욕을 막고 싶다는, 일독지문을 제자리로 되찾고 싶다는 의지의 표현이었을 따름이다.

허나 그것도 결국은 막을 내렸다.

각오를 다시 세워야 했다. 겨울이라는 시간 내내 외면해왔던 현실이지만 좀 더 현실적인 각오와 행동이 필요한 때였다.

"……사조님."

"응?"

"비록…… 사조님은 한족이고…… 본래부터 독곡의 사람이 아니지만 사조님이신 건 맞겠지요?"

이제 와서 확인해서 무엇할까.

묘한 인연, 생각지도 못한 기이한 인연이기는 하지만 길고 긴 인연이 독존황을 통해 이어진 둘이다.

"응. 당연하지!"

그녀에게 조금이라도 안심을 주기 위해서일까. 왕정이 해맑게 웃으며 그녀의 말에 답을 해 준다.

"그렇다면…… 조금만 저의 짐을 맡아주시겠어요?"

"……아."

뒷말은 듣지 않아도 뻔했다.

결국 그녀도 인정하고 싶지 않은 현실이나 인정을 한 것이다. 자신의 손으로 해결을 할 수 없으니 그의 손이라도 빌리려는 것일 게다.

묘하고도 기이한 인연에 기대어 부탁을 하는 그녀의 심정은 과연 편할까? 알 수 없는 노릇이다.

"그래. 내가 들어 줄 수 있는 것이라면……."

"위험할지도 몰라요."

"하하. 그동안 내가 겪은 위험만 해도 십수 번은 될걸?"

"푸훗. 뭐에요. 그게……."

작은 웃음이다. 이 정도가 그녀로서 지을 수 있는 최선의 웃음일 것이다. 이제는 부탁을 해야 했다.

그녀가 잠시 뜸을 들인다. 심호흡을 한번 내뱉고는 조심스레 말한다.

"……저를 대신해서 시험에 들어주시겠어요?"

"그래."

긴 답을 할 필요는 없었다.

할아버지인 독존황, 자신을 사조라 부르는 운민. 둘과의 인연은 묘하기는 하다.

하지만 함께 해왔던 시간을 떠나 본래부터 예정된 운명이 아닐까 싶을 정도로 깊은 인연이다.

그런 그녀의 부탁을 쉽게 넘길 수만은 없지 않은가. 그녀가 부탁을 하기 이전부터 대답은 정해져 있었다.

'중원으로 돌아가기 이전에 ……모든 것을 제자리로 되돌릴 것이다.'

처음 독존황이 생각하던 독곡으로. 또한 운민이 바라는 새로운 독곡으로 만들 것이다. 그것이 왕정이 세운 새로운 각오다.

또한 그만의 자신을 위한 시험이기도 했다.

"자아, 움직여 볼까?"

"예!"

그에게 새로운 각오가 섰다.

第十二章

금지를 나서다

각오까지 바로 섰으니 그 둘이서 움직이지 않을 이유가 없었다. 날까지 다가왔으니 움직이는 것은 당연했다. 그동안 왕정과 운민은 수련과 더불어서 많은 것을 정리했다.

"나가서는 사조가 아니라, 사숙 정도라고 하자고. 그게 그거 같지만 차이가 크긴 하잖아?"

"예! 유념할게요."

독존황에 대해 밝히는 것은 아직 시기상조라 여긴 둘이다.

해서 둘은 대외적으로는 연독기공이 중원에서 일인비전으로 전해졌다고 둘러대기로 말을 맞추었다.

한 노야까지 속일 수야 없겠지만, 혼란을 막기 위해서 그런 조치를 취한 것이다.

아마 한 노야라는 이도 상황을 설명해주려면 꽤나 긴 시간을 필요로 할지도 몰랐다. 그만큼 상황이 기이했다.

'그래도 일단은 가장 큰 일은 아니니까…….'

일독지문이라는 곳으로 돌아가고, 시험을 치러야 했다. 독곡 전체에서 치러지는 시험을 치러야 하는 셈이다.

"후우…… 가자구."

"네!"

금지를 벗어난 지 한참인 둘이다. 그들이 조심한 것도 있겠지만, 금지 주변 자체가 강력한 독물이 넘치는 곳이었다. 덕분에 그들을 눈치챈 사람은 없었다.

—변한 듯 변하지 않은 것들이 많구나.

왕정을 이곳에 데려올 때까지만 하더라도 일독지문으로 직접 찾아갈 것이라고는 생각지 않아서일까.

왕정과 오감을 공유하고 있는 독존황으로서는 주변에 보이는 모든 풍경, 향취, 촉감이 전부 향수를 불러일으키는 듯했다.

왜 아니 그러겠는가. 남들로서는 힘들기만 할, 아니 위험하기만 할 독곡이었으나 그에게는 수백 년의 세월을 격하고 모습을 드러낸 고향이다.

감회가 새롭지 않을 리가 없었다. 왕정 또한 그런 그의 마음을 알고 있었기에 조금은 걷는 속도를 늦추었다.

독존황이 좀 더 많이, 오래 느끼기를 원하기에 배려하는 것이다.

같이 걷고 있는 운민 또한 독존황만큼이나 많은 것을 느끼고 있는 듯했다. 죽는 자리인 줄 알고 찾아왔는데 많은 것을 얻었으니 그럴 만도 했다.

그래도 자신의 할 일은 해야 한다 여긴 걸까? 그녀가 앙증맞은 입술을 열었다.

"……가시면 조금은 실망하실지도 몰라요."

"음?"

"태사조님이 계실 때와는 다르게 많이 쇠락해 버렸거든요. 헤헤."

처연한 웃음이다.

그나마 저런 웃음이나 지을 수 있는 것은 그녀가 연독기공을 익힌 덕분이리라. 확실히 전보다 여유가 생긴 그녀다.

'귀엽네…….'

스으윽.

왠지 모르게 순간 그녀가 귀엽게 느껴져서인지 왕정은 자기도 모르게 그녀의 머리를 쓰다듬어 주었다.

"아!"

왕정이 그리할 것이라고는 그녀로서는 생각지도 못한 듯

했다. 잠시 깜짝 놀란 표정을 짓다가 이내 왕정의 쓰다듬을 즐기고 있었다.

왠지 다정해 보이는 둘이었다.

"왔어요."

조금 더 걷고 나니 일독지문에 도착했다.

—허허허……

"확실히 많이 보수를 하기는 해야겠네."

왕정의 두 눈으로 독존황과 왕정이 함께 본다. 그들의 눈앞에 보이는 곳은 일독지문이 분명할 터.

그들의 눈앞에는 독곡의 사대 세력이라는 말이 초라할 만큼 허름해 보이는 건물들만 여럿 보일 따름이었다.

멍하니 바라보는 왕정의 모습에 괜히 민망해진 탓일까. 그녀가 부연(敷衍)을 해준다.

"……사람이 많이 없어서요."

일독지문의 현 상태를 직접 보여주게 되니 괜히 부끄러운 듯하다.

왕정이 그녀를 달래듯 말했다.

"아냐. 아냐. 이미 예상하고 온 거잖아?"

"그래도…… 죄송해요. 저희가 잘했어야 하는데……."

책임감만큼은 이미 일문의 문주로서 부족함이 없는 운민이었다. 언젠고 일독지문을 맡게 되면 잘 이끌어 가리라.

아니 이미 금지에서 살아 돌아 왔으니, 그녀가 문주라 보아도 무방했다. 앞으로 그녀는 잘할 것이다.

왕정은 그 뜻을 담아 말했다.

"지금부터 잘하면 되는 거겠지. 앞에 닥친 문제는 해결을 하면 되는 거고."

"예!"

그와 그녀가 희망을 담고 일독지문 안으로 들어섰다.

둘이 안으로 들어서자마자 일독지문에서는 난리가 났다. 이미 반쯤은 운민이 죽었을 거라 생각한 문도들이다.

이제 문주 가문의 대가 완전히 끊어져 버린 일독지문을 과연 누가 어떻게 이끌어 갈지 고민부터 하던 날들이었다.

"무, 문주님?"

"고, 공녀?"

그들은 왕정은 신경도 쓰지 않은 채로 멍한 표정을 지으면서 그저 운민을 바라볼 뿐이었다.

"후후……."

그런 그들을 무시하고 운민은 한 노야가 있을 방향을 향해 움직여 갔다.

'놀라시겠지…….'

멀리서 한 노야가 보였다.

운민의 할아버지나 다름없던 한 노야는 지난 몇 달 간 마음고생이 심했는지 몇 년은 더 늙어 보일 정도였다.

“허허…… 그때 정말 나가야 했을꼬?”

그는 얄궂은 운명이라고 탓하며 운민을 금지로 밀어 넣은 자신을 두고 후회하고 있었다.

고통스러운 나날이며, 매일 같이 자신을 탓하던 나날이었다.

그렇기에 하루 종일 멀거니 금지의 방향을 바라보고 있을지도 몰랐다. 자신의 후회를 탓하면서 말이다.

그런데 이게 무슨 일일까?

“운……민?”

공녀라는 말도, 아가씨라는 말도, 문주라는 말도 전혀 생각나지 않았다.

할아버지가 친손녀를 부르듯 운민이라는 두 글자를 자신의 입안에 담았을 뿐이다. 운민이란 두 글자는 그녀 앞에서는 절대 입 밖에 꺼내지 않던 호칭이기도 했다.

환상인 것일까? 그래. 환상일 것이다.

마음 고상이 심하기만 한 자신이 아니었던가. 이제는 완전히 늙어 환상을 보게 되어버린 것이다.

“노망이 난 것이겠지…….”

잠시의 환상이라도 즐겨보려는 듯 멍하니 앞을 바라보는

그다. 그때 환상이라 생각하던 운민이 소리쳤다.

"노야! 한 노야!"

"……무, 문주님?"

조금은 정신이 돌아 온 것일까. 그제서야 문주라는 호칭을 입에 담았다.

그것이 마음에 들지 않은 걸까. 반가운 표정을 짓던 운민의 표정이 조금은 뾰로통한 표정으로 바뀌었다.

"핏. 아까는 이름도 잘만 불렀잖아?"

"저, 정말 돌아오신 겁니까? 정말요? 이 노야가 환상을 보는 게 아니겠지요?"

"호홋. 그럴 리가 없잖아. 정말로 살아 돌아왔다구."

투정을 자주 부리던 문주다. 어리기만 한 어깨에 노야도 무거울 짐을 지어 안쓰럽기만 하던 문주다.

그런 문주가 돌아 왔다.

"……허허……."

자신도 모르게 두 줄기의 뜨거운 눈물을 흘리는 한 노야였다. 노인의 진심이 담긴 뜨거운 울음이었다.

어느새 그녀 또한 뜨거운 눈물을 지으며 말했다.

"헤에…… 나…… 정말 돌아 왔어."

"잘 오셨습니다. 정말로…… 잘 오셨습니다."

그녀가 귀환했다.

*　*　*

일독지문의 문주가 될 운민이 돌아온 것은 자연스레 독막에도 소문이 났다.

아주 넓은 곳이라고 는 할 수 없는 독막이니 그 소문이 빠르게 전해지는 것은 당연했다. 그 소식을 듣자마자 운마군이 단언하듯 말했다.

"조작이군!"

그는 지금 일독지문에서 일어나는 모든 일을 조작이라 여기는 듯했다. 하기야 그동안 많은 문주가문의 사람들을 잡아먹었던 금지다.

이유? 뻔했다. 일독지문의 문주들을 위해서 만들어진 금지는 독곡으로서도 부담스러운 독물들이 살아 숨 쉬는 곳이다.

그런 곳에서 최고무공인 연독기공도 없이 들어섰으니 죽는 것은 당연했다.

연독기공이 없는 한 금지는 말 그대로 금지일 뿐이지 수련장이 될 수는 없는 것이다. 그런 곳에서 돌아 왔다고?

운마군으로서는 정상적인 방법으로 돌아왔다고는 절대 믿을 수가 없었다.

"지난 몇 달간 어딘가에 숨어 있었겠지. 뻔하지 않은가."

"흐음……."

흥분한 운마군을 잠시 가만 바라보던 장로 안일지다.

그로서도 반쯤은 자작극이라 주장하는 운마군의 말을 믿고 있었다. 다만 흥분한 운마군과 다르게 하나를 더 신경 쓰고 있었다.

"정말 그럴지도 모르겠지. 다만 걸리는 것이 하나 있네."

"뭔가? 그 같이 왔다는 놈이 신경 쓰이는가?"

"그렇네. 아무리 자작극을 한다고 하더라도…… 그를 왜 데려왔을까? 되려 완성도를 위해서라면……."

자작극을 펼칠 때 펼치더라도 앞뒤가 맞게 펼치는 것이 옳았다.

몇 달간 독곡의 어딘가에서 용케도 숨은 것도 능력이라면 능력이라 인정한다손 넘어간다 치더라도 같이 온 사내가 문제였다.

일독지문의 문주가 금지로부터 살아 돌아왔다는 자작극을 제대로 꾸미려면 사내와 함께 와서는 안 됐다.

사내를 하나 끼고 돌아오게 되면 자작극의 앞뒤가 맞아떨어지지 못하게 되기 때문이다.

그런데도 일독지문은 자작극을 꾸미면서 사람을 하나 데리고 돌아왔다. 바보가 아니고서야 그럴 리가 없었다.

또한 그들이 바보가 아님은 장로 안일지로서는 차고 넘치게 알고 있었다.

'일독지문이 어리석었다면 진즉에 독막에 먹혀버렸을 거다.'

최고무공이 없으면서도 독막의 야욕을 여러 번 이겨낸 일독지문이지 않은가. 사내를 데려온 데는 분명 무슨 이유가 있을 것이다.

"어디서 중원 무인 하나 구해 온 것 아니겠는가? 사내 새끼 하나를 종마로 가져 온 거겠지."

아무리 독막의 문주라고 하더라도 일독지문을 이리 무시하는 발언을 해서는 안 되었다. 하지만 운마군의 폭언은 여기서 끝나지 않았다.

"흘…… 가문의 대를 끊기는 싫었던 것이겠지. 자작극을 하려면 제대로 해야 하거늘…… 힘만 빠지는군."

"차라리 대를 이을 이유라면 독곡의 사내들도 있잖은가? 너무 이상하지 않은가?"

"하하. 안일지! 자네는 가끔 보면 너무 깊게만 생각한다고. 우리로부터 버티던 한 노야가 노망이라도 난 것이겠지."

"그런 것일까……."

독막의 든든한 대들보와 같던 한 노야가 노망이 난다면 당장에라도 일독지문을 삼킬 수 있을 것이다.

그러니 정말 노망이 난 것이라면 안일지로서도 꿈에 바라던 상황이다.

"아무렴! 그도 이제 갈 때가 되었지! 그렇지 않고서야 이런 자작극을 꾸밀 리가 없지 않겠는가. 하하."

안일지가 내심 신경을 쓰든 안 쓰든, 호언장담하는 운마군이었다.

그는 이미 시험의 승리를 거머쥐기라도 한 듯 승리자의 미소를 짓고 있었다.

'묘하구나…… 나라도 대비를 해야 하는 것인가.'

독막 안에서 오직 안일지만이 복잡한 마음이었다.

그가 승리를 호언장담하고 있을 때. 일독지문 내부에서도 부산스러운 움직임이 일고 있었다.

문주가 살아 돌아 왔으니, 그에 맞춰 정식으로 문주에 대한 식이라도 올릴 듯한 기세였다. 하기야 그들로서 문주의 복귀는 최고의 호재였다.

당장에 시험이 얼마 안 남기는 했지만, 그것은 차후의 문제일 따름이었다.

"연회라도 베풀어야겠지요!"

평소 침착하기만 했던 한 노야로서도 운민이 살아 돌아왔다는 것에 몸이 달아올랐는지 먼저 연회를 제안했을 정도다.

"헤에……."

운민으로서는 한 노야의 마음을 알고 있기에 말리지를 못했다.

게다가 그녀가 보기에 한 노야는 단지 연회의 목적이 그녀의 귀환에만 있는 것 같지는 않았다.

한 노야의 조심스러운 눈빛은 분명 그녀와 함께 온 왕정에게 향하고 있었다.

그날 밤.

"하하!"

"들이마시자고! 오늘 같은 날이 아니면 또 언제 즐기누."

독막에 비하면 삼분지 일이 겨우 되는 수를 문파원으로 데리고 있는 일독지문이다.

그들로서는 문주가 될 운민의 성년식이 다가 올 때마다 근심이 깊어가고 있었다.

날이 다가오면 마지막 남은 문주의 핏줄이 죽는 것이나 마찬가지이니 그들이 그러는 것도 당연했다.

헌데 죽을 것이라고만 여겼던 운민이 살아 돌아왔다. 웬 사내를 데리고 온 것은 이상하나, 전보다 더 굳건해진 모습이었다.

여인에게 굳건하다는 말이 보통은 어울리지 않으나 귀환한 운민의 모습에는 분명 어울렸었다.

전에는 문주로서의 무게를 이기지 못하는 아직 어린 소녀였다면, 지금 연회의 중심에 있는 운민은 분명 일문의 문주다웠다.

어리기만 했던 소녀가, 전과는 전혀 다른 묘한 분위기를 풍기고 있었다.

문파원들로서는 조금이지만 안심이 되는 모습이었다.

'금지에서…….'

'분명 뭔가 있다.'

그들의 문주는 금지에서 무언가를 얻어 왔음이 분명했다. 최고 무공인 연독기공만은 아니어도 뭔가 희망을 보았으리라.

다들 그리 생각을 하고 있었다.

[문주님, 잠시……]

왁자지껄한 연회가 계속 이어지던 와중, 한 노야는 그녀에게 전음과 함께 눈짓을 하였다.

소란스러움 가운데, 사람들의 시선이 모두 분산이 되어있으니 모든 연유를 지금 들어보자 마음먹은 것이다.

그가 연회를 연 것에는 바로 지금의 소란스러움을 이용하자는 것도 있었다.

[알겠어.]

운민 또한 그것을 이해했기에 한 노야를 따라 움직였다.

왕정도 곧 있을 이야기의 주인공이 아닌가. 상황을 가만 지켜보던 그 또한 뒤를 따라 움직이는 것은 당연했다.

한 노야가 조심스럽게 물었다. 그로서는 살아 돌아 온 운민에게 기꺼움을 느낌과 동시에 진한 호기심을 느끼고 있었다.

"……대체 무슨 일이 있었던 것입니까?"

다른 이는 몰라도 그에게만큼은 모든 사실을 말하기로 했던 운민이다. 이는 왕정에게서도 허락받은 일이다.

"사실은 내가 금지에 들어섰을 때……."

그렇기에 운민은 한 점의 과장, 거짓도 없이 한 노야에게 설명을 하기 시작했다.

처음 왕정에게 이야기를 들을 때의 운민처럼, 주름이 가득한 한 노야의 표정도 여러 표정으로 쉼 없이 변화해 나아갔다.

도무지 믿기 힘든 기사이니 그가 놀라는 것도 당연했다.

"대, 대체……."

그가 멍한 표정을 짓는다.

그러다 모든 것이 사실인지 다시금 확인을 하고 싶은 것인지, 멍한 눈으로 왕정을 바라본다.

왕정도 그의 뜻을 알았기에 고개를 한번 끄덕여 사실임을 확인시켜 주었다. 그와 동시에.

스ㅇㅇ.

운민에게 그러했던 것처럼 연독기공의 상징이나 다름없는 독구를 시전해 보이는 왕정이었다.

"허어……."

한 노야가 생전에 독존황이 사용하던 무공에 대해서 듣지 못할 이유가 무에 있겠는가.

아니 독곡에서 연독기공에 대해서 가장 많은 것을 듣고 배워 아는 자는 한 노야라고 할 수 있었다.

금지로 가게 될 운민을 위해서라도 사라져버린 연독기공에 대한 끝없는 조사를 한 것이 그이기 때문이다.

"정말…… 이었군요."

"예. 묘하기만 한 인연이지요? 하하."

왕정의 말이 끝나자마자 한 노야는 절을 올리기 시작했다. 스승에게 절을 올리듯 구배지례를 하며 그가 표할 수 있는 최대의 예를 표하였다.

"……먼 세월을 격하고 돌아오셨음을 경축드리옵니다."

그의 예는 왕정이 아닌 독존황을 위한 예였다.

연독기공에 대한 조사만큼이나, 일신으로 중원 무림을 휩쓸며 돌아다니던 독존황을 한없이 그려왔던 한 노야다.

쇠락해 가던 일독지문을 지켜오던 그가 아니던가.

일독지문의 화려한 부활을 꿈꾸었던 그로서는 최고 성세

를 자랑하던 때의 문주가 독존황을 그리는 게 당연한 일일지도 몰랐다.

그때만큼은 독존황 또한 왕정에게 동의를 얻어, 육성으로 말을 전했다.

"……고맙네. 이 못난 놈의 오판으로 인해서 정말 고생을 하였어. 잘 버텨 주었다네……."

"크흑……."

그동안의 설움이 폭발하는 것인가. 한 노야의 눈에서 또르르 눈물이 떨어진다.

"허. 허허…… 오늘따라 이 못난 놈이 너무 많이 우는 것 같습니다요. 죄, 죄송합니다."

"아니야. 아닐세……정말로 잘 해주었다네."

꿈에만 그리던 자신의 우상과 마주하는 것은 어떤 기분일까. 자신의 평생의 숙업이라 여겼던 것들이 모두 제자리를 찾아가는 것은 또한 어떤 기분일까?

보통의 사람들로서는 이해할 수 없는 그 어떤 감정을 느끼며 아이처럼 눈물짓는 한 노야였다.

독곡 최고의 문파였던 일독지문이 제자리를 찾아가고 있었다.

第十三章

그들, 하나가 되다

미리 이야기를 한 대로 왕정은 일독지문의 문파원에게 중원에서 일독지문의 맥을 이어가던 사숙으로 소개되었다.

말을 맞추어 하던 것이다 보니, 미흡한 부분도 분명 있었지만 문파원들은 그것을 신경 쓰지 않았다.

당장에 지난 몇 달 동안 성과를 얻은 문주 운민의 시연을 보았기 때문이다.

"오오……."

"정말로 사실이었어!"

그녀는 왕정의 도움을 통해서 처음 연독기공을 익히던 왕정보다 훨씬 빠르게 기공을 익혔다.

전에 익혔던 무공을 이유로 처음부터 다시 시작을 하기는 했다지만, 본 실력이 어디로 가는 것은 아닌 터.

내공이 조금 부족한 것을 제외하고는 확실히 그 나이 또래에 비해서 강하다고는 할 수 있는 그녀였다.

지금은 조금 모자라더라도 이 상태로 시일이 지나게 되면 일문의 문주로 부족함이 없을 게 분명했다.

그렇기에 문파원들이 열광한 것이다. 그들이 있는 일독지문이 다시 일어설 수 있다는 희망을 보았으니까!

'당장 있을 독인 시험은 어쩔 수 없어도, 다음 대라면 가능하지 않겠는가?'

그들에게는 분명 그것만으로도 충분했다.

인젠가 없이질 문파. 독막보다 못하다는 쇠락한 문파라는 소리를 더 듣지 않아도 충분했다.

전에는 독막와 우의를 통해 다져가던 사이였으나, 이제는 경쟁자가 되었어도 상관이 없었다.

연독기공을 익힌 문주라면 언제든 자신들을 이끌어 줄 것이 분명하다 여겼기 때문이다.

헌데, 운민은 여기에서 만족하지 않고 한 걸음 더 나아갔다.

"어려운 세월을 함께 해준 여러분들에게 항상 감사해 하고 있었습니다."

그녀가 고개를 숙인다. 지난 세월 어려움을 함께 해준, 떠나지 않고 남아 준 자들에 대한 예였다.

"문주님!"

문파원들 또한 그녀의 진심을 알고 있었기에 함께 예를 올린다.

잠시 후, 오로지 자신만을 집중하고 있는 문파원들을 바라보던 그녀가 왕정을 향해서 눈짓을 보낸다.

'슬슬 때가 된 건가…….'

사조로서 그녀와 같이 상석에 앉아 있던 운현은 부름에 맞추어 자연스럽게 그녀의 옆에 섰다.

"허허……."

그 모습이 마음에 드는 것인지 한 노야가 빙그레 웃어보였다.

무언가 내심이 있는 듯하였는데, 그를 신경 쓰는 자는 이곳에 아무도 없었다. 모두 상석의 둘만을 바라보고 있었다.

"앞으로 열흘이면…… 독인을 선출하기 위한 시험이 있음을 알 것입니다."

"……."

모두가 조금 숙연해진다.

하지만 절망하지는 않았다. 당장은 아니더라도, 앞에 희망이 있음을 알기 때문이리라.

"연독기공이 조금만 더 빨리 돌아왔다면…… 분명 저를 포함해서 많은 이들이 시험에 도전할 수 있었을 것입니다."

그들이 아는 한 연독기공은 최고의 독공이다. 적어도 일독지문의 안에서는 연독기공이 최고일 수밖에 없었다.

본디 운민이 연독기공을 대신하여 익혔던 심법은, 자독행공(子毒行功)이다.

자독행공의 무공 이름이 그리 거창하지만 않은 이유는 자독행공이 연독기공의 하위무공이기 때문이다.

연독기공을 통해서 문주가 연독기공의 기운을 조금만 나누어줘도 자독행공은 그 위력이 배는 더 높아진다.

모든 무공이 연독기공을 통해서 나고, 연독기공을 통해서 힘을 발휘하는 것이 일독지문의 특징!

때문에 대부분은 기연이 닿거나, 재능이 뛰어나지 않으면 자독행공으론 제 힘을 낼 수가 없었다.

일독지문이 수모를 당했던 것도 바로 이런 이유 때문이었다.

기재가 많으면 기재이겠는가. 기재가 범인만큼 많게 되면, 그조차도 평범한 범인이게 될 터이다.

기재 몇을 제외하고는 상위의 무공인 연독기공이 없으니, 다른 모든 무공이 제 힘을 발휘할 수 없었던 것이다.

[특이하긴 하네요?]

—중원의 문파에서 보기에는 특이하기만 한 일일 게다. 하지만 독곡의 입장에선 당연한 일이었다.

상위 무공을 통해서 하위 무공의 힘을 배가시키는 문파가 중원 천지 어디에 있겠는가.

새외에서 태양궁이나 빙공을 익힌 자들은 조금 다르긴 하지만, 그들 또한 새외의 문파일 뿐이었다.

—생존을 위해서는 서로가 힘을 보태야 했다. 그렇다 보니 상위와 하위 무공이 나온 것이지..

[독공이 익히기 힘든 것도 이유겠지요?]

—이제는 잘 아는구나. 그것 또한 이유다. 쉽게 전수하게 하기 위함도 분명한 이유인 게지.

독곡이라는 곳의 특수성이 낳은 일독지문만의 특징이었다.

왕정이 독존황과 전음을 나누며 일독지문에 대한 배경을 더욱 깊숙이 파고 있는 동안. 그동안에도 운민은 계속해서 말을 이어나갔다.

앞으로의 희망, 무공에 대한 이야기, 일독지문의 충성에 대한 대가.

그 여러 가지 이야기를 하면서도 그녀는 한 점의 막힘이 없었다. 여인이면서도 문주다운 모습이었다.

그리고 길고 길었던 그녀의 이야기가 끝이 났을 때.

"……해서 문주로서, 저희가 다시 살아났음을 보여주어야 한다 생각합니다."

모두가 머릿속에 물음표를 그리었다.

지금 당장에 문주가 독인의 시험에 나서보았자 독인이 되기 어렵다는 것을 아는 문파원들이다.

다시 일어날 수 있다는 희망도, 그녀가 있어야만 그릴 수 있는 희망이었다.

그런데 그녀가 독인 시험에라도 나서겠다는 것인가? 말도 안 될 소리다! 다시 연독기공을 익힌 문주를 잃을 수는 없었다.

"안 됩니다! 문주님!"

"이번만큼은…… 다음이 어떨는지요?"

항명이라면 항명인 상황. 하지만 그녀 또한 지금의 상황을 머릿속에 미리 그려왔기에 당황은 하지 않았다.

다만 잠시의 소요가 끝나기만을 기다리고 있을 뿐이었다.

그녀의 침묵에 묘한 분위기를 읽은 것일까? 일독지문의 문파원들이 오직 그녀의 입술만을 바라본다.

"이번 시험에 나서는 것은 제가 아닙니다."

"그럼 누구인지요?"

"이분. 저의 사숙님이 될 겁니다."

사숙이라고 하되, 묘하기만 한 자가 왕정이다.

완벽하게 일독지문의 사람이라고 보기보다는 그는 외부인

이라는 시선이 더욱 강했다. 그런데 그가 시험에 나서게 된다고?

달리 보면 외부인이 일독지문을 대표해서 나서게 된 셈이다. 반대를 하기 위해서인지 다른 이들이 발언을 하려는 찰나.

스으으.

그녀의 옆에 서있던 왕정이 한걸음 앞으로 나와 자신의 주위로 독구를 펼쳐 내 보인다.

순식간에 만들어진 일곱 개의 독구가 문파원들의 반대를 용납을 하지 못하겠다는 듯, 위협적으로 휘휘 돌고 있었다.

운민도 아닌 오로지 자신만을 향해 주목하고 있는 문파원들을 향해 왕정이 조용히 읊조렸다.

"중원인인 절 외부인이라 볼 수 있다는 것을 압니다."

그의 말은 읊조림이었으나 내공이라도 스며들어 있는 듯 그들의 귀에 똑똑하게 박혀들었다.

"그러나! 그대들과 같은 무공을 익힌 일독지문의 후예이기도 합니다. 그렇기에 엄숙히 묻겠습니다."

왕정이 자신의 의지를 전하겠다는 듯 그들의 눈을 하나, 하나 마주한다. 그리고는.

"저에게 모든 것을 바로 잡을 기회를 주시겠습니까?"

그들에게 묻는다.

너희들이 나에게 기회를 줄 수 있겠느냐고. 나를 받아들이고 함께 할 수 있느냐고 묻고 있었다.

외부인이며, 동시에 같은 무공을 익힌 자. 아니 막연히 외부인이라고만 하기에는 묘한 위치에 선 왕정.

그를 일독지문의 문파원들이 가만히 바라본다. 그들 중 하나가 조심스레 입을 열었다.

"어차피…… 독곡은 사람 가리지 않지 않아?"

맞는 말이다. 독곡의 사람들은 살아남기 위해서 뭉쳤다. 오직 생존이라는 이름하에 뭉친 그들이었다.

지금에 이르러선 독막, 일독지문, 녹군, 사혼방같은 세력으로 나뉘었지만 처음 시작은 분명 하나였다.

"하나가 되기도 했었긴 하지. 아니, 그 빌어먹을 독막도 분명 하나였지."

아니, 운족과 한족으로 둘로 시작했으나 눈앞에 보이는 운민처럼 함께 합하게 된 자들도 적지 않았다.

독곡은 외부인이든, 한족이든, 운족이든 상관없이 하나 일 수 있는 그런 곳이었다.

지금은 변질되었을지언정 본래는 그러한 곳이 독곡이었다! 그들은 그것을 다시 자각하고 있었다.

"……하시죠."

"까짓것 못하실 거 뭐 있겠습니까? 어차피 사숙이라는 분이 오기 전에는 선택권도 없던 시험 아니었습니까?"

"맞아. 상황 조금 좋아졌다고 사람이 변하면 안 되지. 하하. 마음대로 하시지요."

됐다. 왕정은 그리 생각했다.

일독지문을 위한다는 마음. 그 마음 하나만으로, 지금껏 쇠락해가는 문파를 지켰던 문파원들이다.

그런 그들이기에 이해를 해 주었다. 독곡의 본래의 본류와 같은 모습을 보여준 그들이었다.

'해 내야겠지. 꼭.'

그런 그들을 위해서 일독지문을 제자리로 돌려놓을 다짐을 되새기는 왕정이었다.

그날 왕정을 더불어 일독지문의 모두는 본래의 독곡처럼 하나가 되어갔다.

* * *

중원의 가장 남쪽에서 왕정과 일독지문이 하나가 되어갈 때.

오로지 의(義)를 위하여 모인, 정의방 또한 그들만의 방식으로 하나가 되어가고 있었다.

"이렇게 해보는 게 어떨까?"

"중요한 건 그게 아닌 거 같은데?"

"그럼 뭔가?"

그들은 자신들이 가진 무공을 공유하지는 못했으나, 함께 의논하며 힘을 쌓아 나갔다.

뜻은 드높으나 가진 바 무공은 대단치 못하다는 인식을 하고 있었기에 가능한 일이었을지도 모른다.

효과는 좋았다.

"그거보다는 파지법부터 달리하는 게 좋을 거 같은데?"

"그래? 조금 바뀌는 거뿐인데?"

무인들끼리 서로 간에 무리(武理)에 대한 이야기를 하는 자가 몇이나 되겠는가. 둘도 없는 지기, 사제(師弟)관계가 아니고서야 그것을 함께하는 자들은 몇 없을 것이다.

"이걸 보라고. 이렇게 쥐고 하는 것보다는…… 이렇게!"

"호오? 그동안 내가 조금 잘못 알고 있었나 보군."

잘못 전승되던 것들. 잘못 잡았던 초식들. 가르침이 짧아 미처 얻지 못했던 기초들.

그런 것들을 다잡아 주는 것만으로도 정의방의 무인들은 분명 성장을 해 나가고 있었다. 정우로서도 생각지 못한 빠른 속도였다.

허나 아무리 같은 뜻으로 모인 모임이라 하여도 그들 사이에 적응하지 못하는 자들도 분명 나오는 법이었다.

이화 또한 그런 자들 중에 하나였다.

"……."

그녀는 언제나 침묵하였으며 또한 언제나 검을 휘둘렀다.

오로지 무공 하나만을 익혀야 하는 것이 자신의 사명이라는 듯 무공에만 모든 시간을 할애하는 그녀였다.

하지만 홀로 하는 것에는 결국 한계가 있는 것일까? 그녀도 결국 다른 사람을 찾을 수밖에 없었다.

"……저기."

"어머. 이화님이 무슨 일이신지요?"

정의방에서 사람들의 훈련을 담당하고부터는 조금씩 성격이 변해가는 제갈혜미였다.

왕정을 그분이라고 말하고 다니는 그녀는, 좋아하면 닮는다는 말을 따라가는 듯 조금은 왕정의 성격을 닮아가고 있었다.

그녀가 왕정으로부터 닮은 것은 그만의 묘한 여유와 약간의 능글맞음 정도였다.

헌데 왕정이 여유를 부리면서 능글맞게 굴면 얄밉기만 하지 않던가. 그녀는 정반대였다.

도화살을 타고난 덕분인지 그녀가 보여주는 묘한 여유는 아름다운 여인 특유의 도도함으로, 능글맞음은 교태로 바뀌었다.

덕분인지 정의방 사람들 중에서 그녀를 향해 속앓이를 하는 자가 늘었을 정도다.

허나 아무리 매력이 있더라도 동성인 이화에게까지도 그런 매력은 먹히지 않는 게 당연한 일이지 않겠는가?

남자 무사들이라면 가슴을 졸였을 제갈혜미의 자태에도 여전히 자신의 할 말만을 하는 이화였다.

"부탁이 있습니다."

"뭐지요? 후후. 이화님이 부탁을 하시는 것도 처음이네요. 할 수 있으면 뭐든 들어드릴게요."

"……저만을 위한 수련 방법을 만들어 주실 수 있겠습니까?"

처음 부탁하는 것에 부끄러움을 느끼는 것인지 얼굴이 약간 붉어지는 이화였다.

'듣던 대로 귀여우시네…….'

의방에서 잠시지만 이화에 대한 이야기를 들었던 적이 있는 제갈혜미인지라 그런 이화의 모습조차도 귀엽게 보이는 제갈혜미였다.

"후후. 안 될게 뭐 있겠어요. 며칠만 시간을 주시겠어요?"

끄덕.

제갈혜미와 이화가 처음으로 힘을 합쳤다. 왕정의 그녀들이라고 할 수 있는 그녀들의 첫 협조였다.

*　*　*

의를 위하여 모인 곳이 있다면 이(利)만을 위해서 모인 곳도 당연히 있는 게 사람 사는 세상이다.

자신들은 실리를 추구하는 것이라 말하지만, 의도 도리도 없는 그들은 작금의 상황에 통탄을 감추지 않고 있었다.

그 주인공은 바로 당문이다.

"상황이 좋지 못하게 돌아갔다. 듣기로 녀석이 독곡으로 향했다는 소문이 들렸다."

"독곡의 사람이었던 겁니까? 그럼 독인일지도 모르는……."

당이운의 말에 가주 당기전이 소리친다. 몇 번 일을 실패하고 나서부터는 쉬이 타박을 듯곤 하는 당이운이었다.

"멍청한! 아무리 이 가주보다 정보를 듣지 못했다지만, 그런 추측을 해서야 쓰겠느냐?"

"……죄송합니다."

"독인은 본래부터 독곡에서부터 처음 움직임을 보이는 것이 기본이다. 그런데 놈이 그랬더냐?"

왕정이 사냥꾼 출신인 것은 비밀도 아니었다. 어지간한 정보통을 가진 문파라면 다 아는 사실이다.

뒤늦게서야 그것을 깨달은 당이운은 더욱 고개를 숙였다.

"생각이 짧았습니다. 허면 놈은 독곡의 독인은 아니어도 전인 정도는 될지도 모르겠군요."

하나는 틀렸어도, 다른 하나는 맞았다. 그제서야 가주 당기전이 조금 웃어보였다.

"반은 맞추었구나. 잘했다. 아무래도 놈은 독곡과 인연이 닿은 것인 듯하다. 어떤 식으로든 인연이 이어졌겠지."

독존황의 후예라고까지는 생각하지 못하는 당기전이다. 하기야 그 기묘한 인연을 그라고 해서 어찌 알랴.

조금은 부족한 그의 예상도 당연하기는 했다.

"그렇다면 그 인연을 빌미로…… 독곡에서 힘을 빌리거나, 길러 올 수 있겠군요."

"이제 확실히 머리가 돌아가는구나? 네 생각이 옳다. 그렇다면 어찌해야 되겠느냐?"

당이운이 조금씩 정신을 차리자 만족스러워하는 당기전이다. 그는 근래에 들어 이런 문답방식으로 당이운을 가르치고 있었다.

그가 보기에 부족하기는 하나, 직계자식들 중에 제대로 된 아이가 당이운뿐이니 고육지책으로 교육을 하는 것이기도 했다.

잠시 생각을 하던 당이운이 만족스러운 대답을 하였다.

"준비를 해야겠지요. 지금까지와는 다른 준비가 필요할 듯 합니다. 어쩌면 세력 대 세력의 대결로 판을 짜야 할지도 모르겠습니다."

자신들이 먼저 왕정에게 죄를 지은 것은 까마득하게 오래 전에 잊은 듯한 두 부자였다.

"맞다. 놈이 과연 독곡에 힘을 빌릴 수 있을지는 모르나, 최악의 상황을 가정하여 움직여야 할 게다."

"그렇다면……."

"옥의 죄인들을 불러들이는 것은 물론이고, 그것들도 꺼내야 하지 않겠느냐?"

"괜찮겠습니까? 공개가 되면……."

"이미 여러 번 해보았던 일이다. 언제나 그러하듯 마무리만 깨끗하게 하면 되는 것이다. 깨끗하게……."

그들은 처음 갈등의 이유는 생각지도 않은 채로, 앞으로 있을 일에 대한 준비를 차곡차곡 하기 시작하였다.

그동안 당가라는 이름으로서 불릴 수 있었던 그들의 저력, 무림의 오대세가의 일좌이자, 사천의 패자일 수 있었던 그들의 힘을 다시금 일으키고 있는 것이다.

그것은, 정파인으로서는 할 수 없는 일이었으나 당가라는 이름하에 실리를 추구하는 그들로서는 언제든 할 수 있는 죄악들이었다.

왕정이 모든 것을 제자리로 되돌리며 밝음을 찾아가는 것만큼이나, 당가는 더욱 음습하게 변해가고 있었다.

第十四章

시험에 참여하다

드디어 대망의 시험날이다.

시험이라 하나, 글로 겨루는 과거시험과는 다르게 때로는 목숨을 걸기도 해야 하는 험한 시험이었다.

바로 독인을 뽑는 시험인 것이다.

독곡에 있는 많은 이들이 한 자리씩은 차지하고 있었다.

구경을 하려는 자들, 시험에 참가하려는 자들, 응원을 나온 자들까지. 각자 사연과 기대를 안은 채로 상석에 있는 사혼방주를 바라봤다.

"허허. 모두 모였군요."

그들은 독곡의 사대 세력이기는 하였으나, 많은 수가 아닌

적은 수를 유지하며 많은 일을 처리해 왔다.

관혼상제(冠婚喪祭)는 기본이었으며, 일독지문에 해주었던 것처럼 주술까지도 사용할 정도다.

근래에 들어서는 사혼방의 주술을 믿지 않는 자들도 꽤 되기는 하나, 아직 독곡의 많은 자들이 믿고 있는 터.

독곡의 대소사를 관장하고 처리하고 있으니 사혼방의 사람들은 독곡의 사람들에 있어서 정신적 지주라고 봐도 무방했다.

"……얼마 만의 시험인지 모르겠습니다. 참여를 하실 분들은 모두 앞으로 나와 주시지요."

참여를 하려는 자들은 한 걸음 앞으로, 참여를 하지 않는 자들은 자연스럽게 한 걸음 물러났다.

단 한 걸음씩이었지만 그것만으로도 충분히 참여 여부가 가려졌다. 헌데 평소와 다른 점이 있었다.

"녹군의 사람들이 꽤 보이는군요?"

녹군. 그들은 대부분이 운족 출신이다. 독공을 익히기 보다는 독을 지배하고자 육체를 단련하는 것을 선호하는 자들이다.

녹군 중에서 초기 독인 시험에 참여를 하는 자들이 있기는 하였으나, 세월이 지나고 나서부터는 참여를 거의 안 하는 게 당연시되고 있었다.

설사 독인의 시험에서 합격을 한다 하여도 독인으로서 나설 수가 없었으니 당연한 일이었다.

그런데 그런 녹군의 사람들이 참여했다.

사혼방주의 물음에 녹군을 대표하는 자들 중에 하나인 호일운이 답하였다. 그는 녹군의 다음 대 문주가 될 자기도 했다.

"본래라면 참여를 하지 않았을 겁니다. 하지만 상황이 변하지 않았습니까?"

무엇이 변했다고 말하는 것일까. 녹군의 사람들 외에 많은 이들이 궁금증 어린 표정을 지었다.

사혼방주로서는 그런 궁금증을 풀어야 할 의무가 있었다.

"상황이 변했다고요?"

"예. 독인은 분명…… 독곡을 떠나고 싶은 자들을 위한 자리였습니다."

"그렇지요. 그건 지금도 변하지 않았습니다."

"아닙니다. 험하기만 하던 독곡은 이제 사람이 살 만한 곳으로 변했습니다."

독존황 덕분이다. 그가 시독을 활용하여 만든 덕분에, 척박하기만 했던 독곡도 살 만해졌다.

분명 그것은 일독지문의 덕이다.

그 덕을 은혜로 여기는 자들이 아직 독곡에 많았기에 일독지문이 근근이 이어질 수 있었던 것이기도 했다.

녹군에 속한 사람들 또한 독공을 익히지 않아, 일독지문과 가는 길은 다르더라도 그들을 존중은 해 주었다.

"그것과…… 녹군이 시험에 드는 것에 무슨 의미가 있습니까?"

"왜 없겠습니까? 방주도 아시잖습니까? 지금의 시험 목적은 독인을 뽑기 위한 것이라고 보기엔 어렵다 생각합니다."

"허허……."

호일운의 대답에 허한 웃음을 지을 수밖에 없는 방주였다.

'육체를 단련한다 해서 머리까지 굳어버린 것은 아니었던 것인가.'

녹군의 사람들은 독막이 무슨 짓을 하든 침묵을 하고 있었다. 허나 침묵하고 있다 해서 상황을 파악하지 못한 것은 아닌 듯했다.

'독인 시험을 통해서 독막이 독곡을 차지하려 한다.'

는 상황을 녹군은 제대로 파악하고 있었다.

또한 그들은 독막으로서는 생각지도 못한 방식으로 허를 찔렀다. 독막의 첫 움직임이라 할 수 있는 시험을 방해코자 움직인 것이다!

그리고 그에 더하여 다른 이유도 있었다. 호일운이 왕정을 직시하며 말했다.

“독인을 위한 시험은 무릇 독곡의 사람들을 위한 시험입니다. 그런 시험에 외부인이 들어온 것 또한 문제라 생각합니다.”

“흐음…….”

지목을 당하였으나, 왕정은 그저 돌아가는 상황을 지켜 볼 뿐이었다. 호일운 또한 답에 상관없이 말을 이어나갔다.

“일독지문으로서도 그를 인정한 이유는 있겠지요. 허나 저희는 저희의 방식으로써 그를 시험해 보아야겠습니다.”

“그래서 참여를 하는 것인가?”

“예. 저희는 두 가지의 목적을 이루기 위하여 참여하는 것입니다.”

솔직했다. 동시에 직설적이었다.

독막과 일독지문을 상대로 선전포고를 하는 것과 다름없는 행동을 하면서도 조금의 흔들림도 없었다.

자신들의 의지를 관철하기 위해서라면 무엇이든 불사할 수 있다는 태도였다.

그들은 분명, 다른 이들이 반대를 하든 하지 않든 간에 무슨 수를 써서라도 이번 독인 시험에 참여를 할 것이다.

‘굳건함 그 자체로군.’

왕정으로서는 독막에 이어서 새로운 적이 출현한 셈이다.

허나 기분이 나쁘다기보다는 되려 흥미로워졌다. 왠지 음습한 기운을 풍기는 독막의 인물들보다는 녹군의 사람들에 더 호감이 갈 정도다.

독 그 자체를 지배하려는 일독지문, 독을 무한하게 활용하는 독막, 육체로 독을 제압하여 지배하는 녹군.

"허허…… 어쩔 수 없군. 그대들을 막는다는 규칙이 있는 것도 아니니 바로 시작함세."

재미있는 조합으로 꾸려진 시험이 시작되고 있었다.

* * *

시험의 과정은 간단하며 또한 명확했다.

시험의 기원들 자체가, 독곡이 여러 갈래로 나뉘지기 이전 초기의 상황에서 만들어진 시험이기 때문이리라.

"가능한 최고의 독물들을 구해 오게나. 정해진 시한은 닷새네."

첫 단계는 구할 수 있는 한 가장 강한 독을 가진 독물을 구해 오는 것이다.

초목과 생물 중 그 어느 것이나 상관이 없었다. 정해진 시간 내에 가장 강한 독물을 하나 구해 오면 될 뿐이다.

한 의 식사를 해결하는 것조차 어려웠던 독곡의 사람들이다. 그들에게 있어 독물은 천적과도 같은 셈.

그러한 독물들 중에서도 가장 강한 것을 죽인다 하는 것은 천적을 이겨 정복해 낸다는 의미가 있었다.

시험 자체가 그들 나름의 의식이었다.

다들 무엇을 가져올지 이미 정하기라도 했는지, 고개를 작게 끄덕이며 출발하기 시작했다.

녹군의 사람들조차도 한 점의 망설임이 없었다. 모두 이곳 독곡의 출신이니 독물들에 대한 정보는 가지고 있으리라.

어찌 보면 이번 첫 시험에서 가장 불리하다고 할 수 있는 자는 왕정이라고 볼 수 있었다.

"독막이 유리한 시험이겠네요."

—허허. 다음 시험이 있으니 그럴 수도, 아닐 수도 있단다.

"하기야…… 어차피 가장 중요한 건 마지막 시험이기도 하니까요. 출발해 볼까요."

일독지문의 문파원들을 포함하여 가장 많은 시선들의 중심에 선 왕정이 가장 늦은 시간에 출발했다.

작은 지역이라고는 해도 운족을 포함하여 많은 한족이 살 수 있는 곳이 독곡이다. 괜히 하나의 지역으로 불리는 것이 아니다.

꽤나 넓은 지역에 낯선 지역이건만 왕정의 걸음은 멈춤이 없었다. 익숙한 길을 건너기라도 하는 듯한 모습이었다.

'기운…….'

길을 알아서 움직일 수 있는 것이 아니었다. 대신에 왕정은 주변 독들의 기운을 느낄 수 있었다.

독존황의 도움덕분에 연독기공의 구성의 초입에 이른 덕분이다. 그로부터 얻은 공능 덕분에 주변 독의 기운을 기감으로 느낄 수가 있었다.

'조금 더…….'

기감을 통해 왕정은 경공을 펼쳐 움직이고 또 움직이면서 더욱 강한 독 기운을 찾아 움직였다.

바람이 스치는 소리가 귀에 울릴 만큼 빠른 속도였지만, 그는 꾸준했다.

"음…… 역시 독곡은 독곡인가. 독성이 강한 게 정말 많긴 하네요."

—괜히 독곡이 아니니라.

"확실히요."

그가 잠시 멈출 때는, 오직 주변에서 가장 강한 독성을 가진 것을 찾았을 때였다.

'기록 갱신의 향연이로구만…….'

강한 독성을 가진 것을 볼 때마다 챙겨 놓고 있건만, 움직이면 움직일수록 더욱 강한 독성을 가진 것이 보이는 상황이었다.

안으로 더 안으로. 독곡의 사람들조차도 때로는 꺼리는 곳에까지 도달해 가고 있는 왕정이었다.

지금 그의 기세대로라면 오늘 만에 가장 강한 독성을 가진 것을 찾지 않을까 싶을 정도였다.

독물 외에는 멈춤이 없을 것 같았던 왕정이건만, 어느 순간 그의 움직임이 뚝하고 멈추었다.

“하아…… 지치지도 않나. 중원이나 여기나 똑같군.”

그의 혼잣말에 대한 답은 독존황이 아닌 다른 곳으로부터 나왔다.

“미치기라도 한 것이냐? 무슨 혼잣말을 그리 하는 것이냐?”

그들은 자신들의 정체를 감출 것도 없다 여긴 것인지 평소의 대로의 모습을 하고 있었다. 숲과 같은 푸른 무복. 독막의 사람들이다.

저들의 목적이라면 뻔하지 않은가. 잠시의 협잡질도 참지 못하고, 직접적으로 왕정을 노리는 것일 게다.

일독지문과 같은 갈래에서부터 나왔다는 그들은 타락해도 너무 타락했다.

왕정이 몸을 돌려 그들을 바라보며 물었다.

“피차…… 더 말할 필요라도 있나?”

타앗!

왕정의 말이 끝나자마자 달려들기 시작하는 독막의 무사들이었다.

*　*　*

총 여섯이다.

그들은 똑같은 자세를 취하며 다가오더니, 바로 무언가를 쏜살같이 던졌다. 어느덧 그들의 손에 쥐어져 있던 무기가 그들이 다가오던 속도를 더해 왕정을 노리듯이 달려든다.

독구와 똑 닮은 그것은, 그들의 진신무기라고 할 수 있는 암기였나. 아니, 구의 모양이라 하더라도 그 원리는 륜과 비슷했다.

독막에서는 흔히 독륜이라 불리는 것이다.

저들은 자신들의 내공이 잔뜩 들어가 있는 독륜을 무기로 상대를 조여 가는 것을 즐겼다.

"호오……"

위에서 아래로 움직이는 데는 촌각조차 필요치 않았다. 다시 사선으로 오른쪽으로 선을 그리는 것도 순간이다.

한 번에 여러 개씩 조종하기도 해서인지, 그를 향해 달려드는 독륜의 숫자는 수십여 개는 되었다.

—조심하거라. 암기처럼 한번 던진다고 끝나는 것이 아니다.

한번이 끝이 아니라…… 그래서 륜(輪)이라고 불리는 것일게다.

계속해서 공격을 해오는 암기, 아니 륜이라니! 보통의 무인들로서는 수십 개가 아닌 하나만 되는 륜을 상대로도 애를 먹을 것이 분명했다.

"후우."

스으으.

반 박자정도 늦은 속도로 왕정이 자신의 독구를 형상화해낸다.

하나, 둘, 셋…… 총 아홉이다.

전보다 많은 수다. 일독지문 문도들에게 보여주었던 일곱보다 두 개가 더 많았다. 그 짧은 시간에도 왕정은 계속해서 성장을 하고 있었던 것이다.

"응용이 뭔지 보여주지!"

"허튼소리."

그의 독구가 살아 독륜보다도 더욱 기묘하게 움직이기 시작했다. 마치 살아있는 생물과도 보이는 움직임이었다.

타아아앙!

어떤 독구는 독륜에 가서 그대로 부딪쳤다. 한 번에 하나의 독륜을 상대한 것이다.

'……어리석은!'

독막의 무인들은 그것을 보고 어리석다 생각했다. 한 번에 하나의 독륜을 막아보아야 독륜은 수십이다. 독륜을 상대로 한 독구의 수는 고작 아홉!

총 아홉의 독륜을 애써 막아보아 봤자다. 다시 남은 수십의 독륜이 그의 몸을 꿰뚫어 줄 것이 분명했다.

헌데 눈앞에 그려지는 상황은 대체 무엇인가.

독구가 독륜을 흡수했다. 아니 흡사 육식동물이 초식동물을 상대하듯 독륜을 헤집었다. 다른 독구들도 기다렸다는 듯 독륜을 잡아먹기 시작했다.

파아아잇!

순식간에 독륜을 품어 덩치를 키운 왕정의 독구들은 액체로 변하기라도 한 듯 사방팔방으로 흩어지기 시작했다.

독구에서 한 방울, 한 방울의 물방울로 변화했다.

그것으로도 모자란 것인지 작은 물방울에서 안개라도 되는 듯 더욱 작게 변하는 것은 순간이었다.

순식간에 기화가 되어버린 것이다! 독강기도 아닌, 대체 이것을 무엇이라고 해야 하는 것일까?

독륜들은 독구가 아닌 기화된 상태에서도 그 위력은 여전한 것인지 남은 수십의 독륜들을 집어 삼키기 시작했다.

그 상황을 눈앞에서 바로 보고 있는 독막의 무인들은 대경실색할 수밖에 없었다. 이게 무슨 기사란 말인가!

"미……친!"

순간 왕정의 주변 오 장이 퍼져버린 독구로 인해서 안개로 변하였다. 하나, 하나가 개세적인 위력을 가진 독들이다.

독륜에 담은 독들은 그들로서도 심혈을 들여, 구한 독들이니 그 위력을 모를 리가 없었다. 그 위력이 그대로라면? 상상만 해도 아찔하다!

허나 끔찍하기만 한 현실을 결코 인정할 수 없었던 것일까? 그는 애써 현실을 부인했다.

'……아니다. 독들을 흡수하는 동안 분명 위력이 줄어들었을 거다.'

진정 독막의 무인은 그리 생각했다. 독의 위력이 약해졌을 것이라고만 생각을 하였다.

현실 도피는 끝없이 이어졌다.

약해진 독이라면 자신들이 익힌 독공으로도 막아낼 수 있지 않을까?

상대도 저런 미친 독연을 만들기 위해서 많은 내공을 소모하지 않았을까?

지금까지도 자신들을 공격하지 않는 것을 보면, 왕정도 저 자체로 무리를 한 것은 아닐까?

"나, 남은 것들을 던져! 죽이라고! 상대도 무리를 하는 거다!"

슈슈슉!

발악이라도 하는 걸까. 처음보다 더 빠른 속도로 수십의 독륜이 왕정의 독연을 향해서 쏘아져 나갔다.

하지만 그들에게 남은 것은 절망뿐인 듯했다.

스으으.

그들이 쏘아내는 독륜이 왕정을 향해서 쏟아지면 쏟아질수록 독연이 가진 범위가 더욱 늘어나고 있었다.

이미 사방이 보랏빛으로 변한 지 오래인지라, 안의 상황을 살펴 볼 수조차 없는 독막의 무사들이다.

하지만 상황을 보면 하나만큼은 확실했다.

놈은 결코 무리한 것이 아니었다. 놈은 얼마든지 독륜을 흡수하여 자신의 것으로 활용할 수 있었다.

독연이 점차 다가온다. 자연의 안개와 같은 느린 속도가 아닌, 암기처럼 빠른 속도였다.

놈은 독연을 만들 수만 있는 것이 아니라, 자신의 의지라도 되는 듯이 사용을 할 수 있었다!

인간으로서 감히 오르기 힘든 독공의 경지였다. 독막의 문주라고 하더라도 이런 괴사는 벌이기 힘들리라.

도망가려는 그들의 뒤를 독연이 잡아챘다.

하나, 둘, 셋…… 그리고 다섯.

강력한 독연의 위력에 독공을 익혔음에도 독막의 무사들은 비명조차 지르지 못하고 쓰러졌다. 아니 한 줌의 독물이 되어 그대로 녹아버렸다.

마지막 여섯.

그들의 지휘를 맡아, 마지막까지 도주를 하려 하던 그를 따라 잡는 것은 순간이었다.

살아있는 생물이라도 되는 언제부터인가 뱀의 형상을 갖춘 독연이 그를 덥썩 잡아 물었다.

"……괴물."

그것이 독막의 무사가 마지막으로 말한 외마디 유언이었다.

〈다음 권에 계속〉

外傳

긴 인연의 시작

"축하한다. 너라도 가서 꼭 성공하기를 빈다."

하나뿐인 친우다. 동시에 경쟁자다. 녀석은 독막의 후계자요 자신은 일독지문의 후계자니까.

그렇다 해서 서로에게 악의를 가진 적은 결단코 없었다. 비록 계열이 나뉘었으나 두 문파는 하나나 다름없었다.

게다가 서로 악의만 가져보았자 남는 것을 절망뿐이다.

이 척박한 독곡에서 살아남기 위해서는 협력을 하지 않고서는 힘들다.

'혹여 모를 일이긴 하지…… 세월이 지나면 달라질지도.'

어쨌거나 지금까지는 두 문파 모두 잘해 오고 있었다. 어디까지나 서로는 선의의 경쟁자일 뿐이다.

그렇기에 협력했고, 그렇기에 경쟁했다. 서로가 더 나은 발전을 위해서 애를 써왔다.

독곡의 사람들을 위해서 시독을 이용해서 거름을 만들어 냈던 것 또한 그런 노력의 결과물 중에 하나였다.

"성공은 무슨. 어차피 정찰이나 하러 가는 거 아닌가."

"어이. 독인이 되어놓고도 그렇게 말하면 못 쓰지! 명예가 보통이 아니잖냐. 응?"

"명예는 무슨…… 이번 대에는 정말 살 곳을 찾을 수 있을지 모르겠다."

독곡이라 불리는 이곳은 첫 단추를 잘못 꿰었었다. 그것도 심각하게!

평화롭게 나아가도 모자랄 판국에, 중원의 무림이라 불리는 곳과 적대를 했다고 들었다.

물론 원해서는 아니었을 것이다.

같은 한족도 있으나 중원과 독곡에 서로 간 차이가 있어서 생각보다도 쉽게 충돌을 일으켰을 것이 분명했다.

그 결과로 우리 독인이 나서게 되면 자동적으로 적으로 판단한다고 들었다. 중원과 독곡 선조들의 잘못 덕분이다.

걱정스러운 눈을 하는데도 운현진의 친우인 운인은 여전히 싱글벙글이다.

"어이. 우리 독곡에서도 수백 년에 한 번 태어나신다는 천재께서 그러시면 못 쓴다고. 어쨌거나 잘 다녀와."

"그래."

독곡을 나가고 싶어 하는 자들은 언제나 있다. 허나 세월이 지나 손쉽게 나가지 못하는 것이 현실이다.

그렇기에 독인은 희망이다.

그들이 이주해 평화를 되찾을 곳을 찾을 수 있게 하는 희망.

운현진은 희망이 되어 독곡을 나섰다. 그것이 그의 독황대로행의 첫 시작이었다.

* * *

"도, 독인!"

그가 독곡을 벗어나자마자 그를 알아보는 자가 있었다. 아니, 본능적으로 소리치는 자라고도 할 수 있겠다.

중원의 사람들 중 일부는 언제나 독곡을 주시하고 있었다. 그도 그런 자들 중에 하나일 게 분명했다.

"젠장……."

선대가 조금만 조심스러웠다면 어떠했을까?

조금만 더 나은 선택을 했더라면 평화적인 방법도 있지 않았을까 하는 생각을 해보는 그였다.

하지만 이미 후손인 그에게 선택권이 있을 리 만무했다. 선대의 길을 어느 정도는 답습할 수밖에 없는 것이다.

"……해봐야겠지."

그래도 계획은 있다. 선대의 길과 비슷하되, 조금은 다른 길을 개척해 보려 하는 그였다.

"독인!"

각오를 다지며 독곡을 벗어나 북으로 향하는 그의 앞길에는, 미리부터 준비를 하고 있던 자들이 있었다.

"독인! 이곳을 지나려면 우리부터 거쳐 가야 할 것이다!"

흔히 점창이라 불리는 자들. 운남을 지배하고 있는 자들이자, 중원에서는 구파일방이라 불리는 자들이었다.

대를 이어 상대하는 자들이다.

언제나 독곡을 나선 독인들을 막아오는 그들은, 독곡을 제외하고는 독인에 대해서 가장 잘 파악하고 있었다.

그들이 준비한 것들에 막혀 그대로 되돌아 왔던 독인도 한 명 있었을 정도다.

그들을 향해서 운현진이 외쳤다.

"어째서 나의 길을 막는가?"

"뭣이?"

운현진의 말이 전혀 의외의 말이었던 것일까. 점창의 인물들이 전부 당황스럽다는 표정을 지었다.

대화 없이, 독부터 흩뿌리던 자라 알려졌던 독인이 어눌하지만 중원말로 물어오니 당황을 한 것이다.

"어째서 나의 길을 막는다 물었네."

두 번을 들으니 확실했다.

저 독인은 지금까지의 독인들과는 다르게 무조건적인 적의 대신 대화라는 것을 요청하고 있었다.

예상치 못한 상황에 점창의 무인들이 수근댄다.

"뭔가 이상합니다만……."

"본문에 보고를 올려야 하는 걸까요?"

"하지만 함정이면 어찌 합니까?"

"함정이라기에는 독인은 홀로 나서지 않습니까?"

지휘를 맡아 온 검수들도 당황스러운 듯 갈팡질팡하고 있었다.

운현진은 운현진대로 머리를 굴리고 있었다.

'역시나…… 처음부터 대화를 시도해보려고 했던 사람은 없었나 보군.'

그의 예상대로 선대의 독인들 중에서는 중원인들과 대화를 시도해봤던 자들이 하나도 없는 듯했다.

그럴 만도 했다. 척박하기 그지없는 독곡에서 살아남으려면 풍요로운 중원보다 억세야 하지 않겠는가.

상대가 검이든 뭐든 덤벼들면, 상대해야 하는 것이 독곡에서는 당연한 일이었다.

지금이야 그가 생각해 낸 시독을 이용한 방법 덕에 조금씩 숨통이 트이고야 있지만 그것도 근래의 일이다.

독곡이란 곳은 때로 한 끼 식사를 위해서도 살인을 하기도 해야 하는 곳이니, 선조가 중원인들과의 충돌을 피했을 리가 없었다.

점창의 무인들이 의논을 하든 말든 운현진이 가만 서있으려니, 점창의 무인들도 결국 결론을 내리긴 한 듯했다.

"원하는 것이 무언가?"

"길을 비켜주는 것."

길을 비켜주고, 자신이 터전을 찾는 것을 방해하지 않는 것 정도가 그가 원하는 것이다.

다만 뒷말은 하지 않은 운현진이다. 애써 점창의 무인이라는 자들에게 설명까지 할 필요는 없다 여긴 것이다.

"……단지 그것을 원하는가?"

"그렇다."

"크흠……."

잠시 뜸을 들이던 상대다.

그러다 이내, 점창의 본문이라는 곳까지 소식이 전해진 것인지 눈앞에 있던 점창의 무인들보다 많은 이들이 앞을 막아섰다.

지휘를 맡았던 점창의 검수 중에 하나가 자신의 상급자로 보이는 자에게 달려 나가 한참을 설명하였다.

"본 도는 점창의 문주일세. 그대가 독곡의 독인이 진정 맞는가?"

"맞소이다."

"단지 길을 가는 것. 그것을 원하는 게 정말 맞는가?"

"중원 사람들은 너무 많은 확인을 하는군."

그 정도 말로도 충분했다. 운현진은 동의를 한 것이다.

"허허……."

그제서야 허탈한 웃음을 지어보이는 점창의 문주다.

단지 길을 가기 위해서라니? 독인들은 전부 길을 가는 것을 원했던 것일까. 오래 전부터 지금에 이르도록 계속 그랬을까?

그로서도 선대의 문주들로부터 독인들을 막으라는 말만을 들었으니 모를 일이다. 만약 그들의 목적이 단지 운남을 지나가는 것이었다면.

'허허…… 처음부터 오해로 빚어진 것이라면…… 그보다 더 허무한 이유가 뭐 있으랴…….'

그만큼 허무한 것도 또 없을 일이다.

허나 이제 와서 점창과 독인은 너무도 멀리 먼 길을 와 버린 지 오래다. 단지 대화를 하기엔 쌓인 은원이 많았다.

아니, 전반적으로 독인보다는 점창에서 쌓인 원한이 더 많았다. 너무 많은 수가 독인으로부터 죽임을 당했으니까!

"……그대의 말이 사실이라 할지라도 본 문은 길을 비켜줄 수가 없네."

"중원 말로 하면…… 문답무용인 것인가?"

"허허. 독인이면서도 중원에 대해서 잘 아는군?"

"공부를 했다. 내가 지나가야 할 길이니…… 대화로도 안 된다라……."

조금은 자신의 계획이 어긋나는 것이지 않은가. 하기야 그들로서도 당한 것이 있으니 대화로 모든 것이 될 리가 없었다.

다만, 다른 방식은 분명 먹힐 거라 생각하는 운현진이었다.

"그렇다면…… 살투가 아닌 비무는 어떠한가?"

"그대는 선대의 독인들과는 다르군? 살투가 아닌 비무라……."

겨룸을 하자는 것인가. 하기야 무림인이라는 것은 비무를 통해서 서로의 의(意)를 정하는 것이 본질이다.

독곡에서부터 온 독인은 그러한 본질을 확실히 꿰뚫고 있었다.

그는 점창의 무인들을 바라보며 너희들이 무인이라면 받아들이라는 오만한 눈을 하고 있었다. 절대적인 자신감을 가진 게 분명한 태도다.

'점창은 피를 피하는 것도, 두려워하는 것도 아니다.'

다만 전대와는 달리 적은 희생으로서도 독인을 막을 수 있다면 그것만한 기회가 또 어디 있겠는가.

"좋네!"

"시원스러워서 좋군!"

"다만, 그대를 막기 위하여 점창이 준비한 것이 있으니…… 일대 일이 아닌 진을 파쇄해 보게나!"

운현진이 자세를 취하였다. 지금 그의 행동만큼이나 점창의 제안을 받아들였다는 또 다른 표현은 더 없으리라.

"점창은 사혼일검이라 하오이다."

그가 대표로 포권을 취함과 동시에, 함께 움직인 다른 이들 또한 각자의 자리에서 예를 올린다.

그로 인해 살육과 살육만이 이어지던 독인의 행로가 조금은 변화했다.

운현진. 그만의 독인행이 펼쳐진 것이다. 후에 중원무림에서 독존황이라 불릴 그의 첫 행보의 시작이었다.

* * *

"졌소이다."

점창을 넘어섰다. 그들은 진정 무인다웠으며, 철저한 준비를 하였으나 운진현이 몇 수는 위였다.

오직 독인만을 상대하기 위해서 만든 점창의 사후금독진(死後禁毒陣)을 상대로 쉽게 깨부쉈을 정도다.

그를 상대로 한 점창의 사망자는 전무.

그가 손속에 자비를 두었다고밖에 할 수 없는 결과였다. 괜히 그가 독곡 내에서도 수백 년에나 한 번 날 기재가 아님을 증명한 것이다.

그는 그 상태로 운남을 지나 사천을 향해 움직였다.

점창은 독인이 출현했다는 사실은 알렸으나, 그가 다른 독인들과는 다르다는 점과는 알리지 않았다.

다만 패배를 이유로, 삼 년간은 봉문을 한다고 알렸을 따름이었다.

봉문 소식이 호사가들에 의해서 그가 일신으로 점창을 상대한 것이라 과대포장되는 것은 순식간이었다.

그것만으로도 운진현에 대한 소식이 중원 전역에 퍼지는 데는 충분했다. 그때 그는 처음 독중지왕이라는 별호를 얻었었다.

"……졌소이다."

아미의 여승을 이겼다. 그들 또한 독인을 여러 번 상대한 바가 있었기에 준비는 철저하였다.

하지만 독곡의 강한 환경을 이겨낸 독물들로부터 얻은 독들을 이겨내지는 못한 그녀들이었다.

“패배를 인정하오. 손속에 자비를 둔 것 또한 감사하게 여기겠소.”

바르기만 했던 청성은 안타까운 표정이었으나 그들의 패배를 인정했다. 깔끔한 승부가 이어졌고, 결과에 승복하는 자들만이 자리했다.

‘좋군. 이런 식으로라면 중원을 얼마든 다니면서 독곡사람들이 있을 터전을 찾을 수 있겠지.’

그때까지는 그도 그가 가는 독왕행이 제대로 된 길이라 여겼었다.

중원의 문파들은 자신들의 패배를 인정할 줄 알았으며, 패배에 대한 책임으로 봉문을 한 자들도 여럿 있을 정도였다.

때로 작은 문파들이나 이름 모를 무사들이 유명세를 얻으려 덤벼들었으나 그것마저도 기꺼웠다.

그때는, 모든 것이 바른 길로 가는 줄로만 알았다.

하지만 당가를 상대하면서부터는 모든 것이 달라졌다. 같은 독을 다루는 자들이라 해서 방심해서일까.

아니면 아주 오래전 선대에 인연이 있었던, 혹은 독곡의 다른 갈래라 알려진 당가이기에 너무 쉽게 생각한 것일까.

"순수하게 독에 의한 대결을 원하오."

공명정대한 모습으로 자신들만의 가면을 만들어 온 당가의 인물들은, 결코 순수한 무인들이 아니었다.

"……쳐라."

패배한 그들은 뒤를 노렸다.

독 이상으로 암기로 이름을 높이고 있는 그들은 승부를 깔끔하게 맺고 싶어 하지 않았다.

중원에서 독이라는 이름으로 홀로 존재하고 있는 그들은 편협하다 못해 뒤틀려 있었다. 마치 그것이 그들의 본성인 것처럼!

'신대의 인연이라는 것이 다 부질이 없구나…….'

그때부터 바른 길로 가고 있다 여기던 그의 독왕행이 변질되어 버렸다.

"저기 있다!"

당가가 낸 소문에 의하여 독왕, 나아가서는 호사가들에게 독존황이라고도 불리기 시작하던 그는 조금씩 내몰렸다.

어쩌면 중원인이 아닌 독곡의 사람이기에 더더욱 배척하려 했던 것일지도 몰랐다.

"대련을 신청하오이다."

소림, 무당, 공동, 개방. 다른 구파일방들은 여전히 그들 나름의 규칙에 따라 공명정대한 대결을 치루어 줬다.

그들 나름 공명정대할 수 있었던 것은, 구파일방 모두 각기 정보통을 가지고 있기에 당가의 협작질을 눈치챈 덕분이었을 것이다.

"그는 강호 정복을 원한다."

"중원인이 아닌 독곡의 사람이 중원을 넘보고 있다."

허나 따로 정보가 없는, 당가의 협잡질에 그대로 현혹된 자들은 쉼 없이 그에게 달려들기 시작했다.

누군가는 그들 나름의 정의를 위해서라 말했다.

또 누군가는 중원인만의 무림을 수호한다는 그들만의 가치관을 위해서 일방적인 대결을 벌여 왔다.

"후우…… 후우……."

마지막 선을 넘지 않기 위해서 손속에 사정을 두던 그도 조금씩 지쳐 갔다.

무림인으로서 대결을 벌이며 터전을 찾는 것이 바른 길인지, 선조들이 벌였던 살행(殺行)이 바른 것인지 착각이 들 때 즈음.

그와 같은 처지에 있던 여인을 만났다.

눈같이 하얗던 그녀. 중원인들과는 다른 이질적인 외모를 가진 그녀는 누가 보아도 눈에 띌 만한 여인이었다.

아니 중원인으로서 태어났다고 하더라도 그 타고난 미모

때문에 그녀를 바라볼 수밖에 없으리라.

허나 그녀는 화사한 미모와는 반대되는 일견 냉정해 보이기도 하는 어투로 그에게 물었다.

"……중원 사람들은 그대를 독존황이라 부른다지요?"

그녀를 처음 만났을 때 독존황은 조금 변질되어 있었다.

독곡에서 처음 중원을 향할 때까지만 해도, 선조들과는 다른 자신만의 길을 열었다는 자부심에 차 있던 운현진은 그곳에 없었다.

다만 중원과의 끝없는 전투에 지쳐 있는 운현진, 아니 독존황만이 자리하고 있었을 뿐이었다.

그렇기에 그는 그 어느 때보다 퉁명스러운 말투로 답했다. 그녀 또한 다른 자들과 다르지 않다 여긴 것도 한몫했으리라.

"하…… 쓸데없는 별호요. 그대 또한 그들과 같은 것을 원하오?"

"아뇨. 우리는 같은 처지인 것을요."

말이 끝나며 조심스레 지어지는 그녀의 작은 미소가 왜 그리도 가슴 시리게 느껴졌던 것일까?

계속되는 부딪침에 지쳐 가던 그의 가슴에 그녀의 가슴 시린 미소가 그대로 박혀 들어갔다.

독존황에게 있어서는 수백 년이 지나서도 꿈에서나 그리

던, 아니 꿈조차 꾸지 못하기에 한없이 그리워하기만 하는 그녀와의 첫 만남이었다.

*　*　*

"함께 해도 괜찮을까요?"

"……좋소이다."

생각지도 못한 동행을 했다. 후에 그녀가 북해빙궁의 사람임을 알게 된 것은 당연한 이야기였다.

이국적인 외모만큼이나 그녀 또한 자신과 같이 중원이 아닌 새외의 출신이었던 것이다.

같은 처지. 같은 이방인. 끊임없는 도전. 선조에 의해 쌓인 악연, 원한.

그 모든 것들이 비슷한 둘이었다.

그 둘이 마음을 공유하며, 하나의 감정을 나누게 되는 것은 자연스러운 일이었을지도 모른다.

독곡에서는 생사가 쉬이 사라지기에, 감정표현조차도 직접적인 편이다.

하지만 그녀 앞에서는 왜 그리도 입이 떨어지지 않는 것이었을까? 한참 뒤에서야 마음을 말하던 그다.

"……좋아, 아니 연모하는 거 같소."

"푸훗. 그게 뭐예요?"

직접적인 답은 필요 없었다. 그녀가 그의 품에 안기는 것만으로도 충분히 행복했었다.

"독존황이 북해빙궁과 함께라니!"

중원 무림은 둘의 합일을 자연스러운 수순으로 보지 않았다. 되려 막아야만 하는 일로만 여겼다.

하나로도 벅찬데 둘이 합일을 하게 되면 재앙이 불어닥치게 될 거라고 여기는 이도 있을 정도였다.

"그들을 처단해야 하오이다!"

"맞소. 중원 무림이 위협받고 있지 않소이까?"

"막아야 하오!"

그들을 처단하기 위해서 모이는 중심에는 분명 당가도 있었다. 후에 설후(雪后)라고도 불릴 그녀에게 원한을 가진 자도 모임은 당연한 일이었다.

"가지요!"

중원 무림인들이 그들을 처단하기 위해 조직적으로 움직이기 시작한 그 때.

혹독하기만 한 독곡이나 빙궁이나 같은 처지이기에 목적

또한 같았다.

둘은 몇 안 되는 인연이나마 쌓게 된 중원인 몇과 함께 우의, 애정, 진심도 함께 나눠 가며 그들만의 터전을 찾고 있었다.

"아무래도 구파일방이라는 자들이 가진 구역은…… 너무 탄탄한 거 같으니…… 다른 곳이 좋을 거 같소이다."

"예. 저쪽 남경이라는 곳으로 가볼까요?"

"흐음…… 수도인데 괜찮겠소이까?"

"후후. 되려 그곳이 나을지도 모르지요. 황궁이 있을 테니 무공만 사용하지 않으면 괜찮을지도 몰라요."

"좋소이다. 움직여 봅시다."

행복을 그리던 둘이다. 그들 이상의 행복을 가진 자는 중원 어디에 더 없을 정도였다.

하지만 그 행복도 결국에는 파국을 맞기 위함이었을까?

"악적들!"

"중원은 오로지 중원인만을 위한 곳이다!"

둘을 상대하기 위해서 아주 잘 짜여진 진이 그들의 앞을 가로막았다.

그들은 모든 것을 얼리는 빙공과 상대를 중독시키는 독공이 무공으로는 서로 상성이 좋지 않음을 역이용하였다.

"이런!"

중원은 오로지 중원인의 것이라는 말도 안 되는 편협함.

그 편협함이 빙후의 무공과 독존황의 무공이 서로가 상쇄되게끔 만드는 절진을 만들어 냈다.

중원인들의 입장에서는 기적이라 할 수 있는 일이었으며, 두 남녀에게는 최악이라고 할 수 있는 상황이었다.

'이대로는 안 된다…….'

이대로는 모든 일이 제대로 진행될 리가 없었다. 아니 자신들이 죽을지도 몰랐다.

또한 그가 죽는다면 자신이 익히고 전하지 않은 연독기공이 사장될 위기에 처할지도 모를 일이었다.

'미리 전수를 하고 와야 했거늘…….'

독곡에 수백 년 만에 있을 기재라는 명예에 자신이 너무 거만했었던 것일지도 몰랐다.

어떤 위험이 있든지, 돌아갈 수 있을 거라 여겼던 것이 가장 큰 착오였던 것이다. 또한……

'……그녀.'

그가 자신의 옆에서 분투를 하고 있는 그녀를 바라본다. 세상 다시없을 가장 소중한 여인을 마지막으로 한 번 더 바라보는 것이다.

[설매…… 이것을 가지고 먼저 움직이도록 해!]

전음을 날리건만, 그녀는 다급했는지 육성을 날리었다.

"말도 안 돼요. 두고 갈 수 없다고요!"

"어서! 이대로라면 둘 다 죽는 걸 알잖아? 내가 뒤따라 갈 테니까! 어서! 그리고 이것……."

그가 급히 자신의 품에서 비급을 건네어준다.

그녀라고해서 왜 모를까? 이렇게 비급을 전한다는 것 자체가 마지막을 준비하고 있기에 하는 행동일 것이다!

끝이 어찌 될지를 알고 있기에 하는 행동임이 분명하건만, 그녀는 그가 준 비급을 챙길 수밖에 없었다.

"……가!"

그녀의 안타까운 눈빛을 뒤로한 채로, 독존황이 진을 준비한 그들을 향해 달려든다.

호사가들에게 있어서는 가장 진부하지만, 흥미로웠을 그의 이야기가 그때 처음 막을 내렸다.

수백 년 전의 이야기, 인연, 사람이 엉키어 다시금 현세에 현현하는 것을 누가 상상을 했을까?

그날을 말하던 호사가들 중에 지금을 예견한 이는 없었으리라.

DREAMBOOKS

DREAMBOOKS